# 出版说明

本书选取了明治、大正、昭和时期的19位日本文豪的23篇文章,涵盖了从日本现代文学启蒙阶段至战时阶段的各个时期的文学作品,以不同的视角讲述了"花"这一意象在日本文化中的独特内涵。全书以"花之趣""花之思""花之事"的分章方式,分别呈现了与花有关的自然意趣、生活哲思、故人旧事,充分展现了当时日本社会的时代风情,并特别遴选了一百余幅手绘植物图作本书插图,以求给读者带来更好的阅读体验。

# 百花谱

花之趣 花之思 花之事

[日]幸田露伴 等 著

范芸 译

九州出版社

图书在版编目（CIP）数据

百花谱 /（日）幸田露伴等著；范芸译. -- 北京：九州出版社, 2025. 3. -- ISBN 978-7-5225-3518-0

Ⅰ. I313.64

中国国家版本馆CIP数据核字第20254KD353号

## 百花谱

| 作　　者 | [日] 幸田露伴 等 著 范芸 译 |
| --- | --- |
| 选题策划 | 后浪 李晨昊 |
| 责任编辑 | 于善伟 |
| 封面设计 | 吕彦秋 |
| 出版发行 | 九州出版社 |
| 地　　址 | 北京市西城区阜外大街甲35号（100037） |
| 发行电话 | （010）68992190/3/5/6 |
| 网　　址 | www.jiuzhoupress.com |
| 印　　刷 | 鑫艺佳利（天津）印刷有限公司 |
| 开　　本 | 880毫米×1230毫米　32开 |
| 印　　张 | 9.625 |
| 字　　数 | 170千字 |
| 版　　次 | 2025年4月第1版 |
| 印　　次 | 2025年4月第1次印刷 |
| 书　　号 | ISBN 978-7-5225-3518-0 |
| 定　　价 | 78.00元 |

★ 版权所有　侵权必究 ★

# 目录

## 卷 一

003　花的颜色 / 幸田露伴

075　草木虫鱼 / 薄田泣堇

089　杂草杂谈 / 河井宽次郎

117　花月之夜 / 德富芦花

121　秋草与虫鸣 / 若山牧水

137　树和其叶

　　——梅花樱花 / 若山牧水

卷 二

白色的花 / 种田山头火　147

玫瑰五朵 / 片山广子　153

樱之花 / 薄田泣堇　159

马醉木之花 / 土田杏村　167

朱栾之花 / 杉田久女　175

花之二三事 / 若山牧水　189

石榴花 / 三好达治　195

马铃薯之花 / 龟井胜一郎　203

植物每日一作 / 牧野富太郎　211

227　辛夷之花 / 堀辰雄

237　枇杷之花 / 永井荷风

245　舍华求实 / 正宗白鸟

255　渥美罂粟 / 三好达治

263　病房里的花开花落 / 冈本加乃子

269　病房里的花朵 / 寺田寅彦

283　油菜花物语 / 儿玉花外

291　花间文字 / 泉镜花

卷　三

趣之花

卷一

# 花的颜色

## 幸田露伴[1]

---

[1] 幸田露伴：日本小说家，本名为幸田成行，别号蜗牛庵，著有《五重塔》《命运》《风流佛》等。

而那些自作多情、非要把红梅和白梅分出个高低的人们，很是卑鄙——众花皆美，无尊亦无卑也。

# 梅

野外、山间、河畔、荒芜一物的海岸边，梅花散漫而开。花朵秀丽，气味芬芳，衬得自然万物更为美丽。纵为坍塌的墙壁、歪斜的大门、抑或一片小小的田地和简陋的小庙，平日里毫不起眼之物，但逢梅花绽放，顿显生机和魅力。好比是一位道德高尚且心境纯净之士，无论身处何地，绝不随周遭之破败而堕落，反而一洗俗气，为其身处的环境增添不少高洁之风气。读《出师表》而不落泪之人可以成为朋友，但不懂得欣赏梅花之人，为奴亦不足矣！

# 红梅

没有香气的红梅，好比外表靓丽但内心毫无情趣的女子，寥无诗意。芬芳的红梅，甚讨人意。不论是绽放在稚嫩青色尚存的建仁寺篱笆边小院里的红梅，还是在古老的大寺书院回廊旁边盛开的红梅，都有着难以言表的魅力和意趣。而那些自作多情、非要把红梅和白梅分出个高低的人们，很是卑鄙——众花皆美，无尊亦无卑也。

野梅

壬午後正月中
旬

紅梅

兩種

## 牡丹

牡丹的美，完全取决于照料它的人。倘若放任其恣意生长，即使是娇艳的花朵也会随着时间逐渐凋零枯落。反之，若能坚持不懈地加以细致照料，牡丹那原本的自然之美才会慢慢显现，在暖阳的照射下，纵情盛放，格外地招人喜爱。单瓣、重瓣、塔形花瓣的牡丹，美得各有千秋。所以每每看到绽放的牡丹，我总会深深感慨，我等渺小的人类其实也有着这不可低估的塑造美的力量啊。

## 桂花

桂花，也称木犀，是一种十分不起眼的花儿。可是一到开花时节，它的香气会偷偷溜进紧闭的门窗，顺着小小的缝隙飘舞到人们的鼻前，仿佛在用香气向人们私语自己的到来。抬头只见院子的角落里，娇小的桂花们随微风轻轻摇曳，十分雅致。它那特有的甜蜜气息着实地令人感到身心愉悦，金黄色的花朵儿飘落在地面上的光景也别有一番风味。只可惜它的香气过于浓烈，就好比那些遁隐田园的隐士吟诵了太多的诗歌，不免让人觉得有一丝遗憾。

## 石榴花

心灵疲惫的人们抬头仰望天空，当觅见那层层叠叠的绿叶底下闪现出的一抹红色时，顿时眼前一亮。仿佛石榴花的存在，并非想要引起人们对它的怜爱，也并不期望人们惊叹于自己的美丽，它的存在本身就是强烈的，是一股能灼人眼热的光芒。

木犀

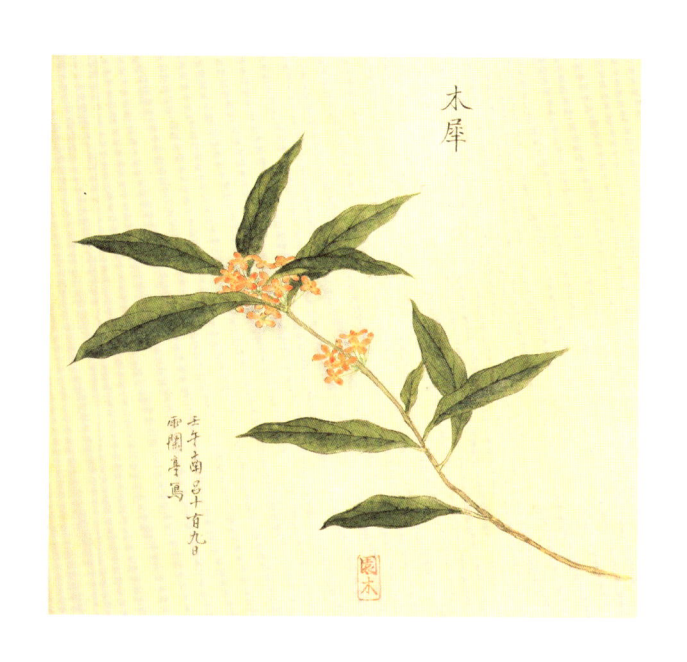

壬午南呂早十有九日
雨間隺寫

石榴

甲申年癸嵐十有
十日眞寫

百花譜

# 海棠

　　看到蝴蝶和蜜蜂环绕着盛开的牡丹嬉戏起舞，我并不会心生不快，但每逢海棠花绽放的季节，只要看到色彩斑斓的鸟儿们靠近它，我就会暗自嫉妒。海棠之美，风情万种，无出其右者。哪怕雨水前来叨扰，抑或是露水送来滋润，都不会减弱其艳丽的风情。有人曾说，鲜红的贴梗海棠，是大自然的侍女。要我说，海棠是美丽的公主，倘若不引得人们过分地沉迷其中，那就最好不过了。

海棠

壬午弥生
初望五日写

## 栀子花

栀子花有着清高的气质。即使被围困于篱笆墙之内,它也不会心生怨恨,而是静静地躲在阳光稀疏的地方悄然开放。对那些能用心感受周遭事物的人士来说,栀子花是花中的隐士,有着独特的深意和韵味。栀子花香谈不上浓郁,但别有一番纯净而高雅的风味。不论是云雾缭绕的清晨,还是风平浪静的黄昏,它都有着一股不属于我等凡夫俗子的雅致。

## 瑞香花

瑞香花,可以比作市井之徒吟诵俳句,算不上高深,也谈不上词藻华丽,但你绝不会唾其为低贱之辈。近看或许太过平庸,从远处闻其芬芳却能别生一番情趣。

丸葉厄子

瑞香

# 忘忧草

茂密的草丛中，萱草[1]悄然开放。它从不刻意讨好世人，更不向他人献媚，但它也绝不疏远世间，或背叛世人。萱草质朴无华，不如百合耀眼，却有着谦谦如君子的端庄大方。人们称赞它的温顺和大度，超越了作为一朵小花的品格，不起眼的萱草如此地讨人怜爱。当人们心中抑郁烦躁的时候，即使心存不快和忧愁，只要看到萱草，仿佛就能忘却忧愁，重归平静。

---

1　萱草：忘忧草。本书注释均为译者注。

# 雪球荚蒾

荚蒾酷似绣球花，是一种心思很单纯的花。起初呈现出淡雅的颜色，随着时间的推移，最终变得如白雪一般干净。好比一个性格偏执的年轻人，随着年龄的增长和阅历的增加，内心逐渐趋于纯净和正直。荚蒾即可远观亦可近玩，纵观其一生，它不仅可供人们观赏，更是值得吾辈学习的师者。

# 水仙

水仙花，是一位才貌双全的女子，不依附于男性，更不随波逐流，直到花期的终结，始终保持纯净和美丽。水仙独自隐居在山间的庄园里，平静地终其一生，除了月亮，谁都不能一睹芳容。每当夜晚降临，山脚下的村庄明起暗暗的光亮，那盛开在险峻的安房锯山上的"金盏银台"[1]，总是让人感到格外的高贵。

---

1 金盏银台：水仙花的别名。

水仙花 辛巳蘆簹朱十日

百花谱

# 菊

菊花，姿态和颜色甚多，白、黄、红、紫、蜀红，争奇斗艳；花球也分大或小，形状譬如鹤形、西施形、剪绒形，数不胜数。自古以来，人们想方设法提高培育技巧，想要培育出形体更大的菊花，结果诞生了各类形状奇特、颜色鲜艳的菊花花瓣，但回归自然的本质，意趣还是在于菊花本身自然的姿态和纯净的颜色。回顾历史，陶渊明偏爱白菊，顺德天皇[1]亦然。较小的白菊很是常见，它的性格坚韧，即使饱受大风大雨的摧残，它也依旧笑傲盛开，因此它深受古人的青睐。黎明时分的月光下，像被墨渍染过的晚风轻轻吹拂，白菊显得十分高雅有情趣。也有人说，黄色才是菊花的本色，不光如此，哪怕是红色或是紫色，也有着各自的意境，所有的颜色都无法让人避而不视。偶尔遇到自己不钟意的颜色，也不会贬低它，因为这都是大自然赋予的本色，而非人类矫揉造作的作品。曾几何时，人们未经深思，随意贬低不称自己心意的色彩，恍然间发觉这不过是曾经的自己不能理解的情趣，顿时心生悔意，而花朵本身则

---

[1] 顺德天皇：第84代日本天皇，讳守成。曾发动"承久之乱"战争，败仗后被判决离开京都前往流放之地。流放途中看到一种小小的菊花，十分喜爱，甚至忘掉了被发配偏远之地的忧愁，故有了爱菊一说。

不必羞愧于自己与众不同的色彩。听闻最近有人画了一位手持菊花的童子，先以为画的是慈童，再看又神似临摹了蜀之成都汉文翁[1]石室壁画中的菊花仙子图，再仔细看则无法再分辨画的到底是女子还是猿猴了。正在疑惑不已之际，听说这其实是画家心中想象出来的菊花仙子。想必这位画家定是深爱着菊花的，菊花也被他的爱所打动，以酷似童子的姿态出现在他的脑海里，借此回应他的爱慕之情吧！可想而知，随后画家拿起画笔开始描绘，加以创作。想到这里我不由得微笑起来，这难道不能说是一幅十分有趣的作品吗？

---

1 文翁：西汉时期的循吏。汉景帝末年，曾担任蜀郡郡守。

于時文政五年無射菊
節句、白蕊眞寫

菊花

# 芙蓉

芙蓉，可谓花中之王。它与生俱来就有着高贵的身份，再加以其卓越的道德品行。常见的芬陀利[1]、波头摩[2]等品种，皆清香扑鼻，但又不如气味浓烈的桂花、瑞香和玫瑰那般咄咄逼人。芙蓉花朵色彩明丽，但又绝不会像海棠、牡丹和芍药那般过分妖娆。芙蓉可供人们观赏，但绝不让人们靠近把玩，这种风骨十分令人佩服。黎明时刻，星光逐渐暗淡，雾霭散漫开来，人们只听到鲜花绽放的声音，还未寻见其尊容，就足以让人无限向往。彼时，云峰涌动，天气骤变，只听大风在高树间咆哮，天空黑压压一片，骤雨忽然拍打下来，而此时的芙蓉花已迅速闭了起来，机智灵敏，好比大智之人先见机而行，临变不惊。芙蓉花开花落花皆美，花凋零之际，花瓣一朵朵地浮在水面上，随波漂流，动静相宜。不仅只是花瓣本身，叶子的抖动、卷曲、展开、破裂、枯萎，皆有情趣。茎呈现绿色时、枯萎变黑时，各有一番意境。还有时像蜂巢状的姿态也十分有趣。久而久之，人们发觉，并不是自己在赏花，而是花在赏人。于

---

[1] 芬陀利：即白莲花，梵文 puṇḍarīka 之音译。现代汉语中"芙蓉"特指木芙蓉，魏晋至唐时期以前，"芙蓉"一词也指荷花。
[2] 波头摩：即红莲华。

菡萏

是人们在心中反思自身的不洁,感到一阵无力和懊恼。所以世上究竟有多少人能配得上爱芙蓉之人的身份呢?

## 厚朴

厚朴之花,选择在深山里的高枝上开放。它仿佛不屑于顾及世间的俗气,而是抬头仰视蓝天白云,这份高洁无人能及。它的芬芳不会惧怕强风,洁白无瑕的花朵仿佛是被精心打磨过的白玉,带着些许的温润。厚朴之花的花瓣皆为单层,但因为花瓣之大气,更加地引人注目,所以绝不会输给其他重瓣花。不仅如此,厚朴的花蕊也别具特色,形态好似仙女的冠冕一样,贵气十足。倘若将厚朴插在普通的花瓶之中,那是相当不般配的。想必只有像汉武帝或是日本太阁这样的人,才会将这花插在瓶中供人观赏吧。

厚朴

## 玫瑰

在陆奥[1]的外海岸,海浪拍打沙滩,只见温柔盛开的大红色玫瑰,亮丽动人。人们骑着马,眺望连绵起伏的山脉,耳边传来海浪的声音,回想一路以来的旅程,突然鼻尖飘来阵阵花香,于是低头才发现在蔓草中开放的几朵玫瑰。这份惊喜之情,想必十分令人欣慰吧。

## 棣棠

棣棠,与其他唐风之花大相径庭。人们将棣棠栽种在篱笆里,散发出有别于溲疏花[2]的风情,但同样雅致大方。棣棠重瓣的黄色小花很是美丽,相比过于浓妆重彩、喧宾夺主的玫瑰,气质高雅的女子更喜欢将棣棠插在黑发之间,或将其装饰在发簪之上,真是适合极了。

---

1 陆奥:地名,现日本东北部地区。
2 溲疏花:绣球花科下属植物,别名空疏、巨骨、空木等。

棣棠

百花谱

## 罂粟花

转眼间，罂粟花刚开不久就谢了，仿佛在故意让心智坚强的人们感受物哀之情，颇有深意。好比一位美丽动人的少女，刚成人不久就结婚生子了。在旁人看来，都劝她应该多享受人世间的乐趣再成家，但回想起来，这不过是缘于旁人被其美丽所打动，过于沉迷其中而导致的失言吧！

## 山茶花

山茶本是属于冬天的花儿。苏东坡曾说，"烂红如火雪中开"[1]，向世人传达了山茶在冬日里特有的风情。虽然日本也有一些花期较早的品种，但大部分的茶花还是会等到春天再尽情绽放。山茶花种类之多，仅享保[2]时期的人们分过类的就多达六十八种。就像人们热爱牡丹一样，爱茶花的有识之士同样人数众多，故花的品种也与日俱增。人们为花朵较大的品种取名为"月丹""照殿红"等，日本当地品种还可列举"侘

---

1 出自苏轼《邵伯梵行寺山茶》。
2 享保：日本的年号之一，公元 1716 年至 1736 年。

助""白玉"等。原生品种的山茶花枝叶繁茂，花朵呈深红色，有的人觉得这太俗气，但我称赞它的美丽。正如有歌中唱，"巨势山中茶花连绵"，说的就是此茶花之美。山茶花的常绿之叶也甚好，表面闪现光泽，也值得人们去品味。山茶花枝叶之常绿不同于松树和杉树，有着更加独特的风情。人们在制作书页之时也会用到茶叶，可谓物尽其用。

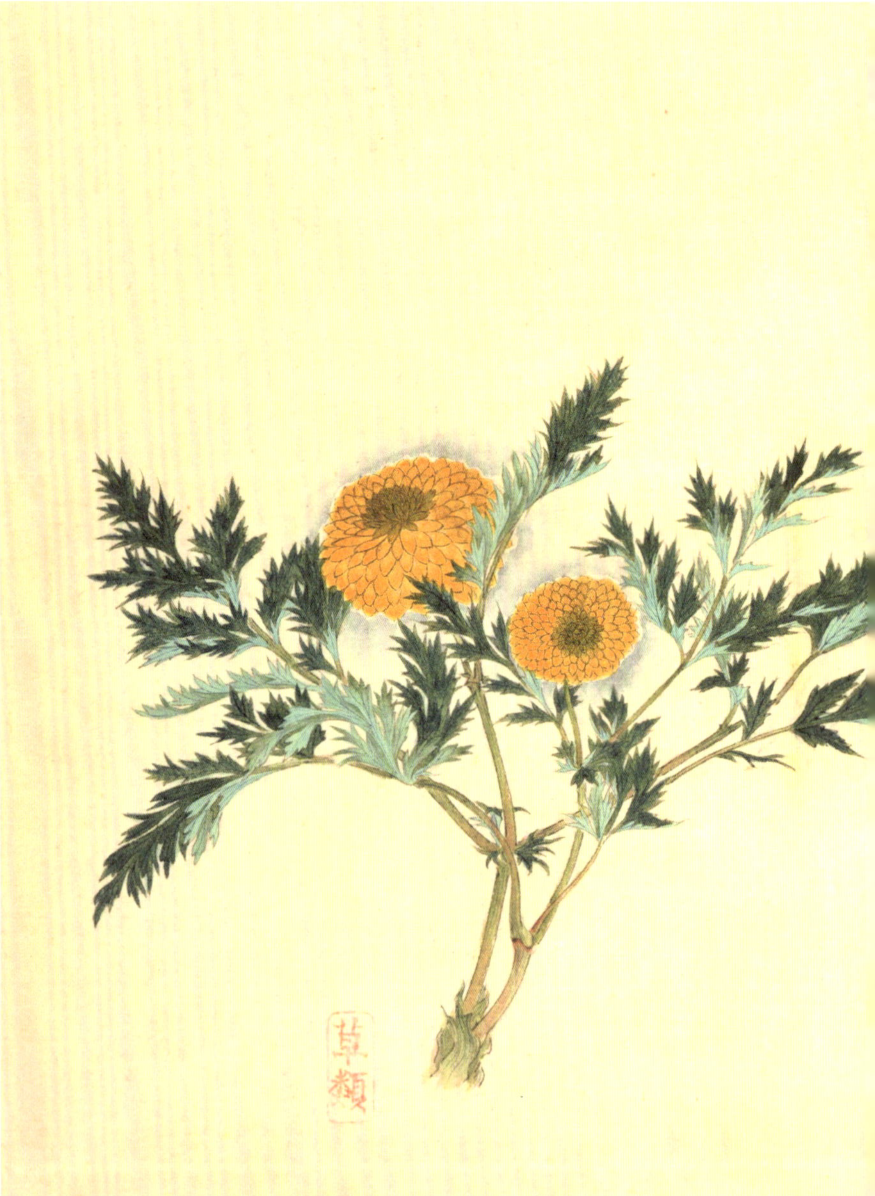
草類

## 侧金盏花

侧金盏花,亦称福寿草,通常被人们栽在小小的花盆里,作为一月的装饰物。我虽在画中见过生长在野外的福寿草,但却未曾有幸目睹其风采。福寿草并非平庸无风情之辈,它总被人们摆放在榻榻米之上,试图引起人们对它的喜爱。对那些已经对风土无比熟悉的人来说,福寿草也许并不能引起他们的兴趣。即便是庸常如款冬花有时也会赢得人们的微微一笑,但福寿草温稳的存在,却从未让我想要刻意地去歌颂它。

## 杏

日本人沿用了杏花的中文汉字,同样以"杏"字为其命名。无论是单瓣还是重瓣的品种,都非常具有魅力。尤其是淡红色的重瓣花,在晴朗的日子里遇上疾风,在落日余晖的背景下,花瓣如雨落一般,美丽动人。一条无名的小溪边,只见农家的后院里有一两株单瓣杏花正值开放,树下,洗干净的锅盆倒扣着晒着太阳,此情此景,春日里的悠然就仿佛是从杏花中溢出来一般。

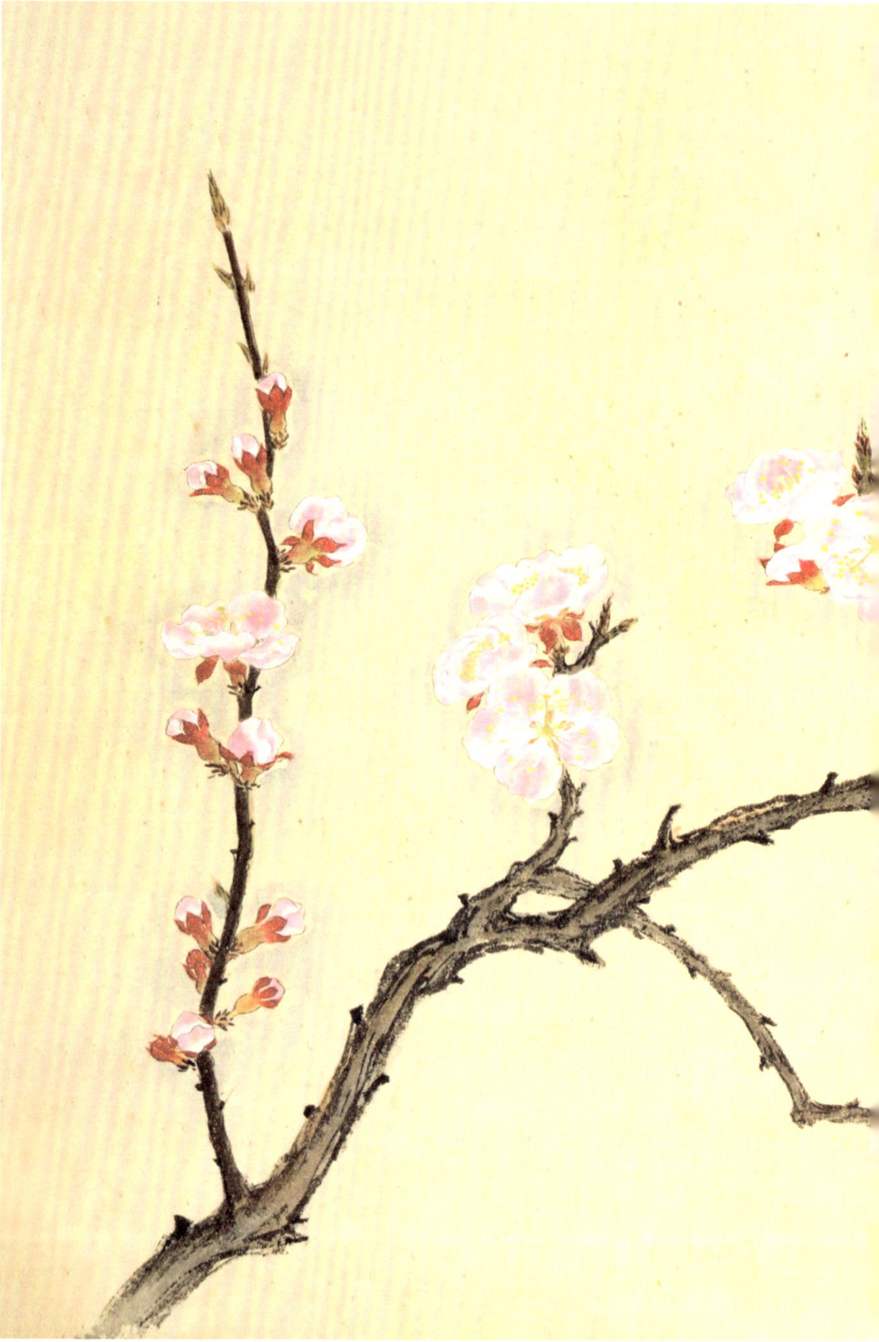

杏

政乙酉炙鐘十有六日
折枝一圖

果木類

山櫻桃

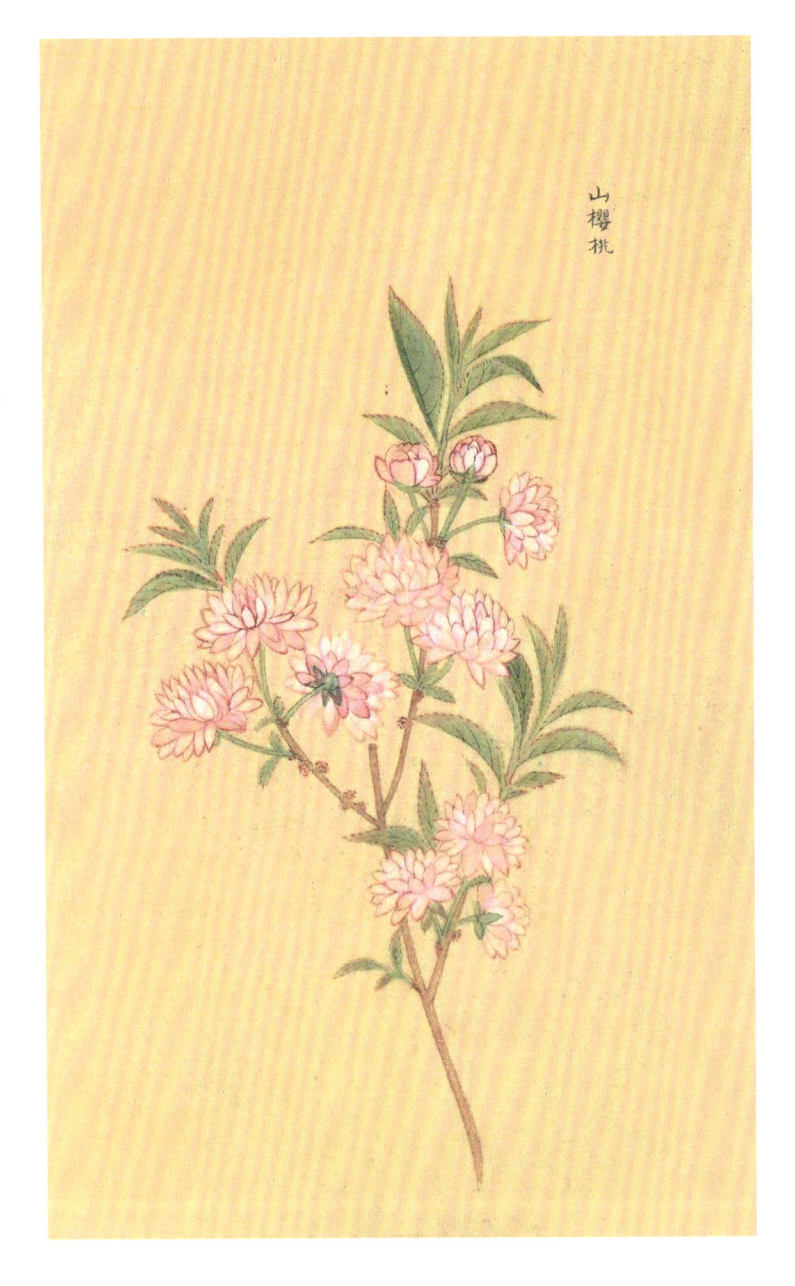

## 山樱桃

山樱桃之花十分小巧可爱，它们一朵一朵簇拥在一起绽放。旁人看来也许不会把它们算作花儿来观赏，就这般在庭院之外的土地上悄然开放。好比是从乡下初到大城市里的少女，躲在他人身后，甚是羞涩，但依旧难掩少女的娇美之貌。山樱桃的枝条和叶子均较为柔软，与娇小的花朵搭配在一起，十分协调，为人们带来舒适的光景。在我看来山樱桃并非不值一提，相信细细观赏之下，旁人们也定不会忽视它的情趣吧。

## 桃花

桃花，好比那些年少时未饱读诗书，更不会吟诗作对的乡下人，他们年老后看破红尘，失去了对世俗的欲望，举杯高歌，高声笑谈人生。这样的人身上虽然透露出浓厚的乡野之气，但绝不会让人感到污秽不堪，正是这不假修饰的姿态，才显得自然而可爱。遥望河流，在烟火气升腾的村庄深处盛放的桃花、在春风轻拂的山谷边的悬崖下的小屋周围尽情开放的桃花，都充满着情趣和意境。那些说桃花俗气的人们，大抵是识了几个大

桃

丑年姑洗初八日
寫照

字便嘲笑自己父母不读诗书之辈，真是愚蠢滑稽。

## 贴梗海棠

贴梗海棠又名皱皮木瓜，无论是红花还是白花都好看极了。虽然带刺，但整棵树看起来十分挺拔。把它圈养在自家篱笆里也许显得有些奢侈，但年轻女子的家中栽种一棵贴梗海棠也无妨吧。如果栽培的地点靠近水源，就会有苔藓爬上它的枝条，恰好为其添了几分生趣。假如院子狭窄，可以将其安置在窗边脚下、和式建筑的木质百叶窗门旁边或者屋檐之下作为低矮树木栽种。若庭院足够宽敞，则可以种在池塘对面、庭院角落，或祠堂屋檐之下，任其成长为一棵高大的树木。春色未深的时节里，红花白花便开始争相绽放，给人带来无限的春光。

## 榅桲

与北国大地不同，在东京几乎看不到榅桲树，但我在位于谷中的旧居中，庭院里就曾栽着一棵榅桲树。

鐵梗海棠

甲申如月十有八日机硯真寫

榲桲

起初我并不识其名，只是看它的枝叶稀疏，甚至在树干上还有很多形似瘤的突起，丑陋不已。所以当时我把它当成是一个难以相处的邻居，心中很是不快。然而，在一个雨过天晴的日子里，我意外地看到它开出了三三两两的花朵，就像是对我彼时轻视它的情绪做出了回应一般，我内心顿感一阵羞愧。榅桲花的淡红色妙得难以言喻，高贵的气息扑面而来，毫无廉价低贱之感。花朵自然地伸展开来，直径大约一寸，由五片单瓣组成一朵花，很是迷人。听闻还有白色的榅桲花，虽然我还未曾有幸亲眼观赏，想必也是十分纯洁的吧。古时，孔子曾有弟子名为子羽，勇猛无比，甚至是子路也不及他。据闻子羽携带璧玉渡河时，河神贪念璧玉，于是掀起大浪，命蛟龙前来拦住子羽的船只。在此千钧一发之际，子羽曰，汝辈本应以义求之，而非以武力威胁而达目的！于是他左手持璧、右手持剑，英勇地斩杀了前来阻挡的蛟龙。想必类似子羽这样的人，面貌也一定是有着些许夷人的粗野之气，甚至孔子也曾说，"以貌取人失之子羽"。也许我把榅桲比作子羽是不恰当的，但每每看到榅桲，我总会想到他，这也是榅桲给我带来的智慧吧。

## 蝴蝶花

　　蝴蝶花与鸢尾草属于同一类植物，在相模和上野地区十分常见。蝴蝶花的叶子形状与射干和菖蒲很类似，花的形状则与燕子花类似。外形虽然不太起眼，但蝴蝶花有着一种难以令人舍弃的风情。雨过天晴，老旧的茅屋顶上，蝴蝶花悄然绽放，别有一番情趣。其他花儿总是在人的眼前绽放，唯独蝴蝶花喜欢开在高处，人们要抬头才能看到，这种择高而放的个性很是独特，但细想起来，这何尝不是一种乐趣呢。

# 杜鹃

杜鹃花的品种繁多，红色、单层花瓣的品种是最常见的，在我看来这才是杜鹃花的本色。未经人手修剪过的低矮丛木在庭院里的弃石边开花，或是沿着筑山成簇地盛开，分外妖娆。每当杜鹃花开，我都会放下手中的酒杯，直到菊花盛开的时节，我才会再次品尝酒味的香醇。旁人的想法如何我并不在意，但我以为杜鹃并不是适合交杯共饮的花呢。

# 李树之花

李树之花是青白色的，看起来不免让人感到几分寂寞。正如古人吟诵到的，夜晚看见它，就好像是关山的月亮一样苍白；黎明时的李花，则像极了沙漠里的白雪。它在穷苦人家破败的储物房，或荒废的庭院边开放，此等景象却不会让人感受到春意，着实显得有些悲凉。诗歌中曾说，在乡村篱笆边盛开的李花，像极了初春未融的积雪。李花与乡村的篱笆墙，品来实则般配。李花树越多、树与树之间的间隔越窄，看起来越美丽。杨万里曾说成簇绽放的李花更适合远观，这话十分有道理。

杜鵑花

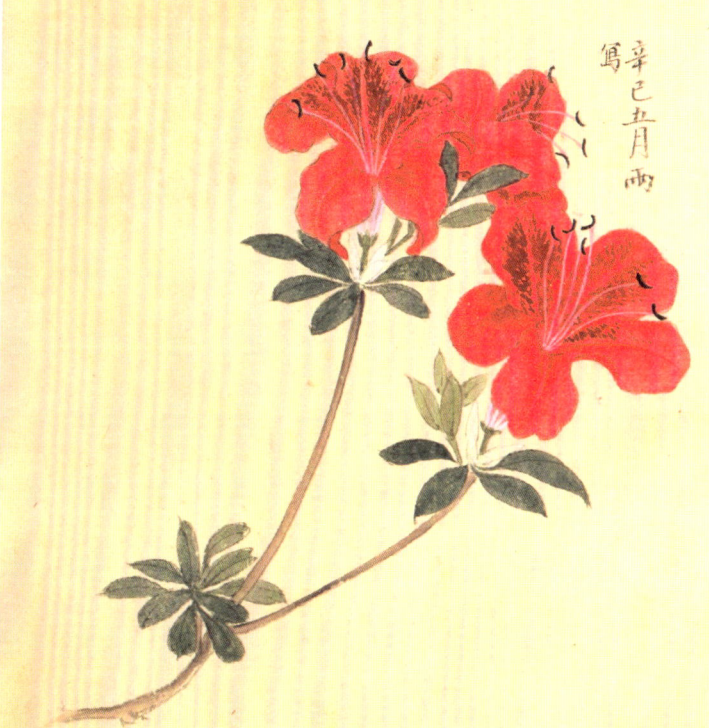

辛巳五月雨窗

李花

# 玉兰花

玉兰花是辛夷[1]的一种，通常有白色和紫色两种，但人们口中的玉兰往往指的是白色的花。虽然玉兰凋谢的时候看起来十分败落，但其盛放的时期却是极其引人入胜的。好比一位身材高挑丰满的女子，肌肤如白雪般晶莹剔透，不论眉眼长什么样子，总会吸引远观的看客们。有人说玉兰的形态有些汉风，不是所有人都欣赏得来。但在宽敞的寺院中栽种的玉兰们，正是因为其汉风的特点，才受到人们的赞扬啊。

# 梨花

李花悲凉，梨花清冷。海棠花在晨露中显露娇容，梨花则在落日的余晖中展现清冷的气质。樱花丰盈，梨花消瘦。一直以来，梨花都是花中的瘦者，皆由于它那特有的高风亮节。听闻异邦有红色的千层梨花，这虽然谈不上奇闻，但相比日本的梨花，孰高孰低呢。在日本，为了收获更多的果实，农户们会故意将梨树的枝条

---

[1] 辛夷：也称木兰。

玉蘭花

乙酉央謨亦有
二月真寫

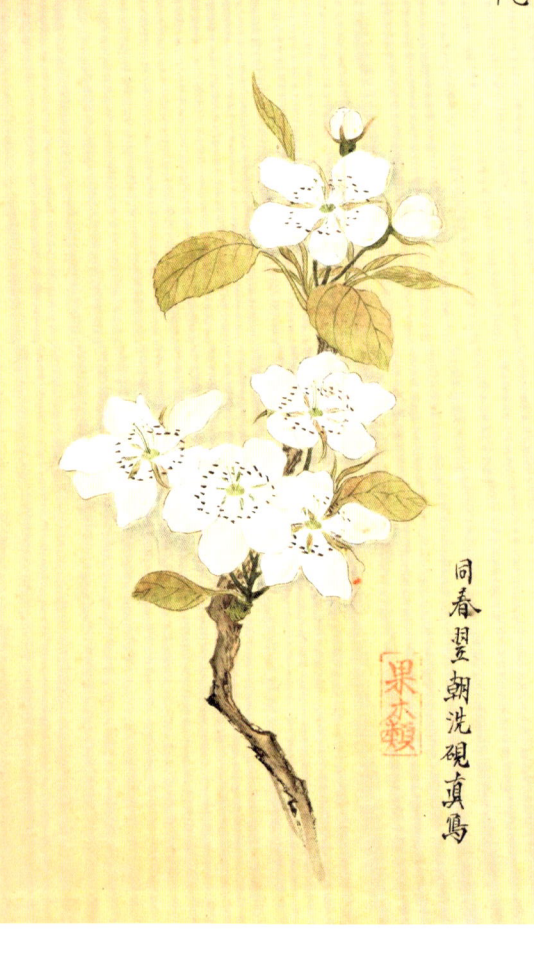

梨花

同春翌朝洗硯真寫

[果六齋]

弯曲，以此将梨树的高度降低，故人们很少能了解梨树和梨花原本的姿态和风韵，逐渐地人们也就错失了发现其美丽的良机，于是便很少有人吟诵赞美梨花的歌了。

# 蔷薇

蔷薇带刺，所以经常被比作面容姣好但内心歹毒的女子，在我看来，这样的比喻未免太过浅薄了。走近看，绿色的小刺在枝干上也显得红彤彤的，也非无聊之辈。只要人们不去碰触它，也定不会因为刺而憎恨蔷薇，所以怎么忍心将其比作心灵歹毒的女子呢？花色鲜艳，香气扑鼻，再者，枝叶、果实和刺的形态，哪一样是让人讨厌的呢？这样看来，中国和西方都热爱蔷薇也是有充分的理由的，白色的蔷薇在黎明时分摇曳生姿，红色的蔷薇在阳光正好的下午迎风挺拔，还有的蔷薇干脆倚靠在篱笆上散发出浓郁的香气，栽种在泥土里的大片蔷薇散发出如火般的炙热……不论哪一种都令人向往。不知道蔷薇从泥土里汲取了什么养分，才造就了其表面的油润和容光呢。

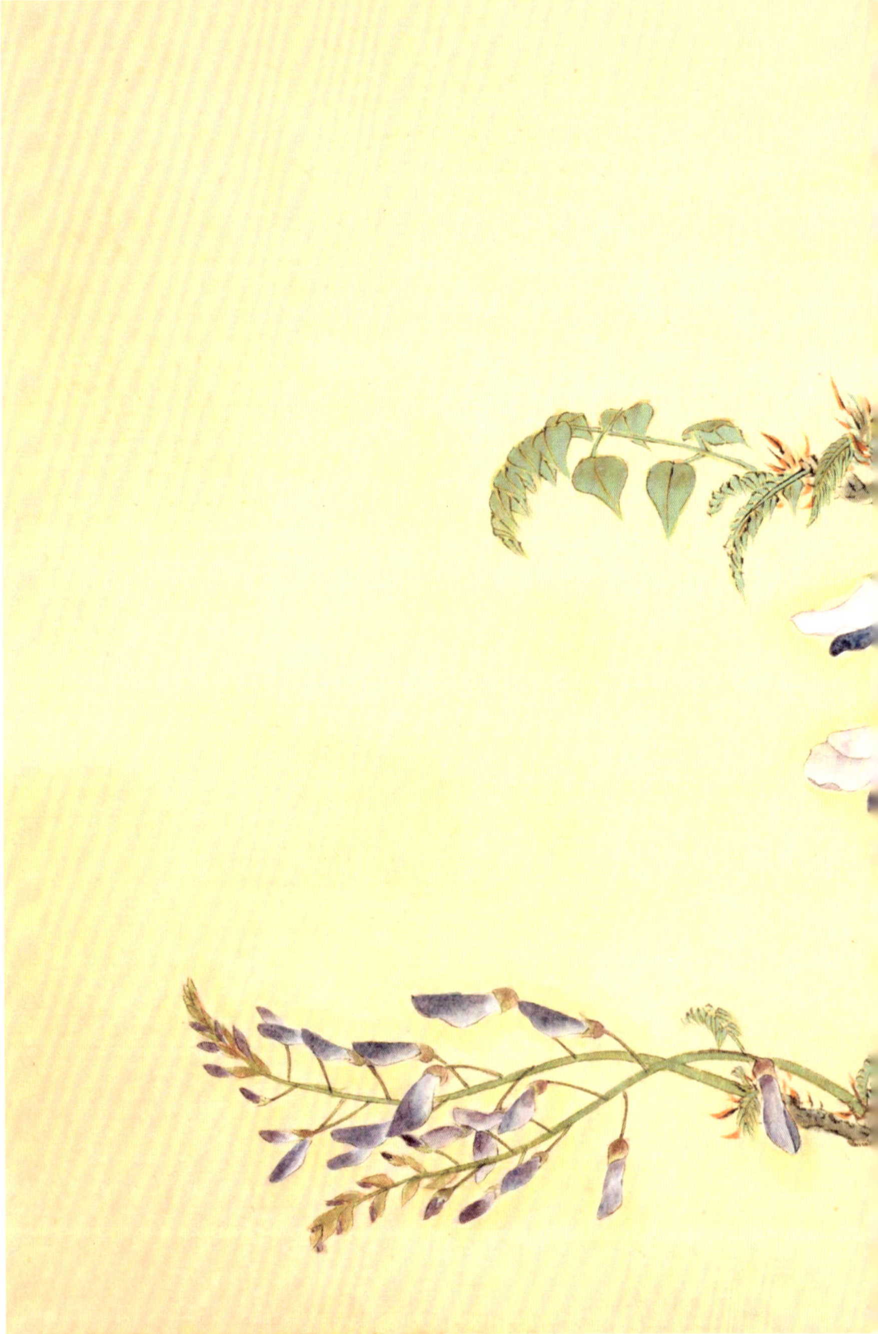

紫藤花

癸未姑洗廿有三日真写

# 紫藤

春日里的花朵多得应接不暇,虽多姿多彩,但花期较短,才开放不久就凋谢了,很是令人遗憾。唯独紫藤来得很晚,它选择在炎炎夏日里到来,非常别具一格,也给喜花之人带来了些许惊喜和感动之情。古人将紫藤奉为花中最为静谧而又神秘的花朵。破旧不堪的庭院里,主人们来了又走,再无园丁精心照料,贫瘠的土壤导致寸草不生,一切都失去了颜色,这样的光景连路人们都不免悲伤。但有一天,紫藤忽然爬上了高高的树尖,随心所欲地编织出一块紫色的波浪,这抹亮丽的紫色十分打动人心。虽然其他紫色的花也很多,例如紫桐花、苦楝花,各有其美,但紫藤的姿态似乎与紫色才是最般配的。我暗自感叹,所幸紫藤不是选择在秋日里开放,因为在某个风冷钟清的江村秋日傍晚,薄云漏日,这花若在此时绽放,我必定会为其倾倒而终。夏日蝉声似乎在向人们讲述天地的活力,温暖柔和的风吹拂轻衣,引得人们的灵魂进入舒适的睡眠之乡。每逢这样的时节,只要看到紫藤,我的心都会随之在天地间漂浮,放任思绪无思无虑地游荡在宇宙之间。

## 桐花

　　清晨的风凉爽，大地被露水所滋润，桐花轻轻地飘落在青草地上，别有意境。在它们凋谢之前，也曾默默地挂在树梢下。桐花花瓣形态大方，花色淡雅。掉落的花瓣，总会惹得人们想要上前弯腰拾起把玩。

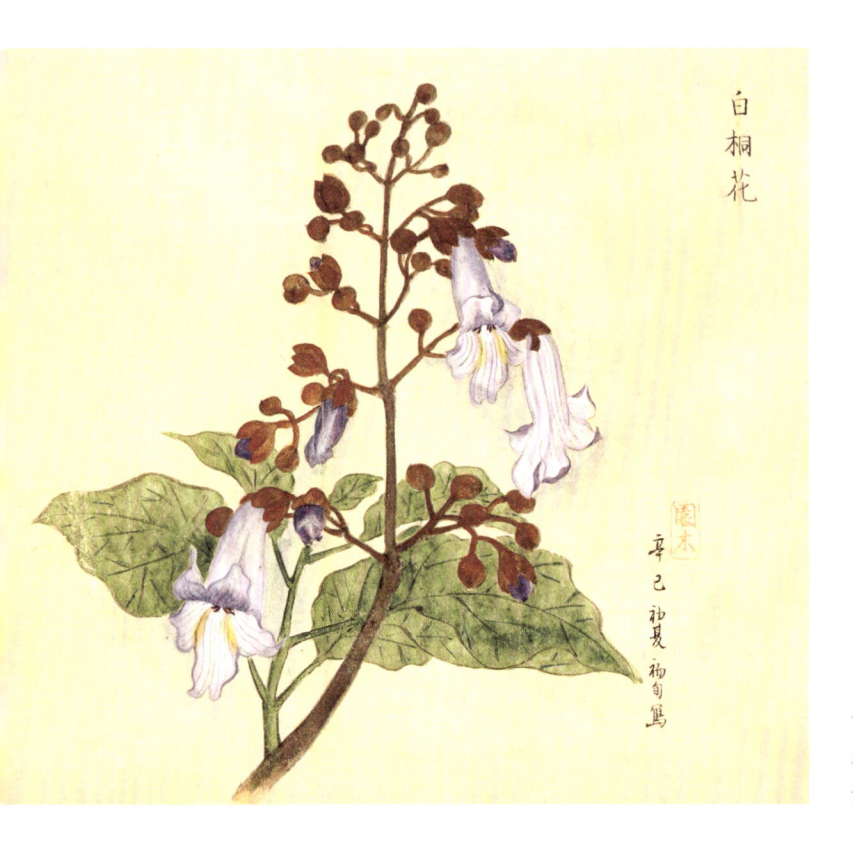

# 菖蒲

花菖蒲[1]不仅姿态优雅知性，叶子的形态也十分干净利落。花开放时外形像一个"心"字，未到开放的时候则像毛笔的笔尖一样，别致极了。比起阴雨天，花菖蒲更爱晴天；相比傍晚，则更偏爱黎明和白昼。泥土里自然生长起来的花菖蒲自不用说，就连生长在沼泽地里的花也别有一番情趣。在城市里瞥见它也许会感觉有几丝寂寥，但旅途中的人们遇见它则会心存感激。据说古人在诗歌中吟诵的菖蒲与现今的不同，那么现在上野一带的沼泽地里绽放的菖蒲属于哪一种呢？随时代变迁而改变的物名，常常让人心生疑惑，以至于无法专心致志读完手中的诗，这样的思虑不免有点愚蠢了吧。

# 石竹

石竹[2]，是野花中的佼佼者，茂密的草丛中、干涸的河床上，盛放的石竹引得路人不禁回头驻足观看，纷纷感叹说，"这花儿可真美呐"。即使是忙于割马草的

---

1 花菖蒲：别名玉蝉花。
2 石竹：这里特指瞿麦。

石菖蒲

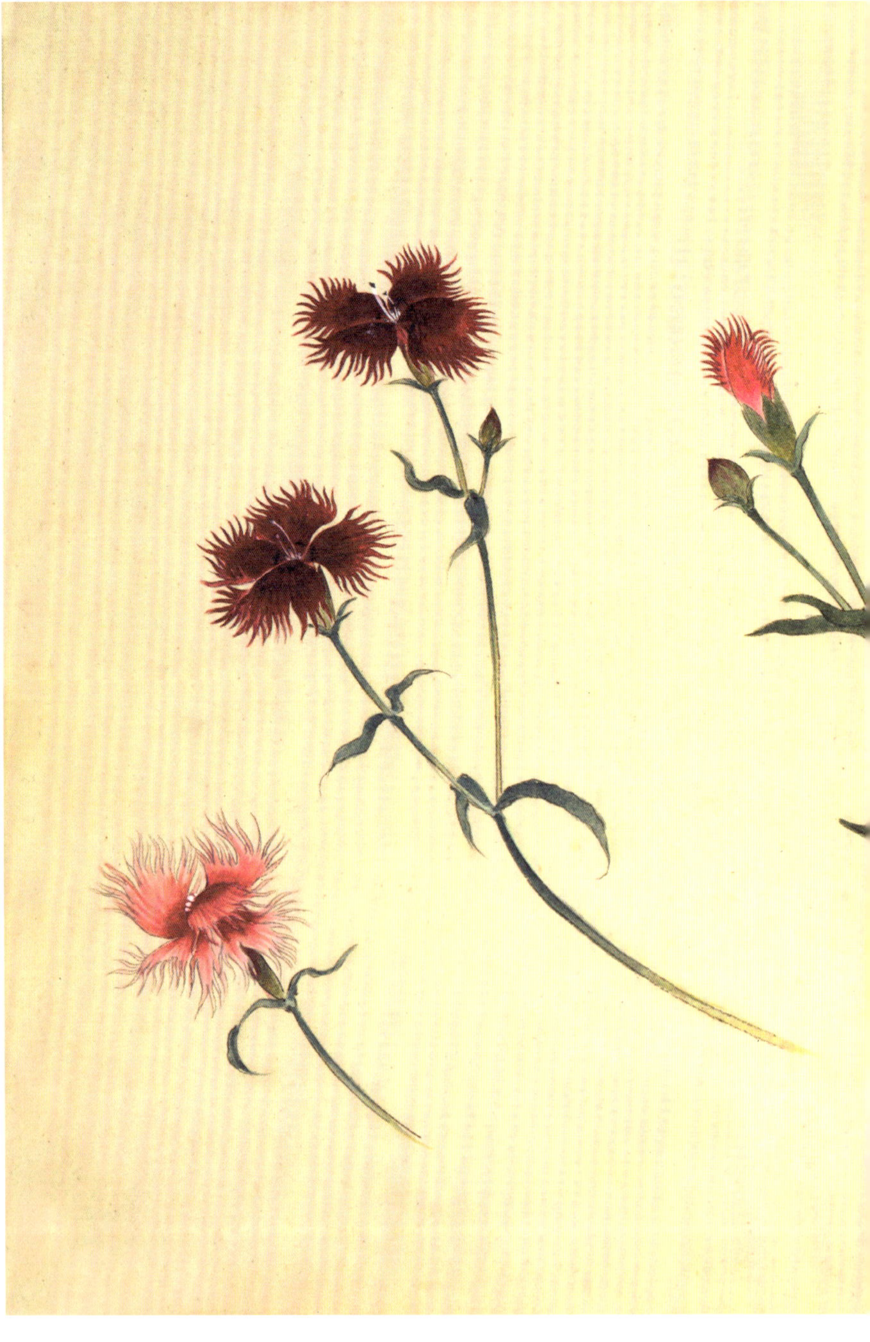

瞿麦

壬午初夏六聲日寫

农家少年们，只要看到石竹，也能激起诗意，吟诵几句以赞其美吧。

# 豆之花

豆之花都很秀丽。虽然有人说蚕豆之花颜色太过朴素，但有谁会不为豌豆之花倾倒呢？更有扁豆[1]之花亦美丽动人。不明白为何住在大都市里的人们不想栽种此类既养眼又能采得果实的植物。白色、紫色的花朵深得我心。千年以来诗人们选择对豆之花视而不见，我十分不理解，难道这份爱只是我个人的偏爱吗？

# 紫薇

紫薇被称为"猿滑"，是因为它的枝干很难攀爬。也被称为"百日红""半年花"则是因为其花期很长。夏日里，云峰高耸入天，沙砾似乎也在喷火，草木皆因为暑热的炙烤显得十分疲惫，此时唯独紫薇花像紫色的

---

1 扁豆：也称紫藤豆。

藤豆花

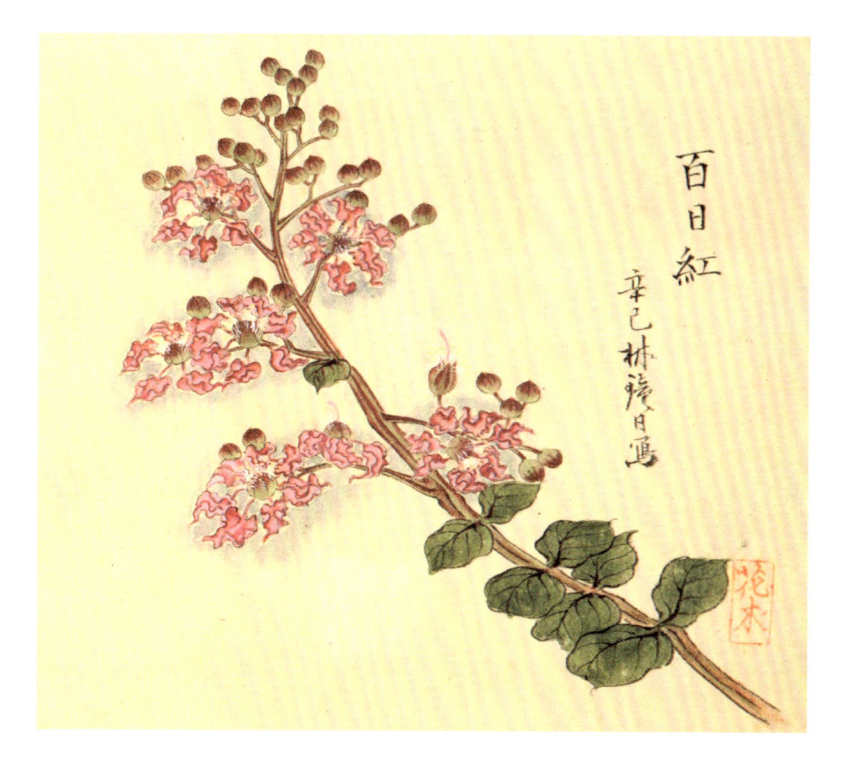

百日紅

紅花

丁亥皋月廿有七日寫

云朵一般艳丽地盛放着，好似蜀锦般绚丽，与清丽的梅花和樱花大相径庭。不管人们怎么清扫，紫薇花依旧飘落下来，布满地面。孩童们也许读不懂它的风情，但花的主人却乐在其中。紫薇花树的姿态不会显得老气横秋，反而像少女一样，尤其当人们接触到它的皮肤的时候，它仿佛在轻轻颤抖，虽不知其中缘由，但依旧不减它为人们带来的快乐和趣味。

# 红花

红花，别名红蓝花，虽然鲜有人家在院子里或者花盆里栽种它，但依旧不改它的雅致和鲜艳的色彩，惹人喜爱。但为什么人们不会将其视为珍宝呢，难道是因为它体形较小且无法散发出迷人的香气吗。反言之，只有形状偏大且香气浓郁的花朵才能受到人们的偏爱吗。红花与蓟相似，但不如蓟那么粗野，颜色也与紫色的蓟不同。红花的色彩偏黄，不会显得小气。叶面是浅绿色，与花朵相映成趣，但因为较小的外形，看起来未免有些孱弱，甚至会令人感到些许哀愁。从花瓣中可以提取出红色染料，但单靠红花是无法显色的，必须加以酸梅才能呈现出艳丽的红色。在了解这种染色法之前我经常抱怨自己栽种在院子里的红花花瓣不够红艳，现今想来已成趣事一桩。

## 铁线莲

一直以来，铁线莲都不得诗人青睐，多作为装饰品被人们使用，但这绝不代表它的美配不上诗歌的赞美。铁线莲盘绕在篱笆上，像风车一样盛开的花朵，洁白而大气，白中略略带的紫色看起来很是高贵和静谧，给人带来幽静的气氛。话虽如此，喜欢铁线莲的人依旧很少，实在令人不解。

## 芍药

尽管牡丹的枝干已经干枯，但依旧能开出艳丽的花朵，十分有趣。芍药，则必须生长于新鲜而细长的绿色茎上才能结出美丽的花瓣。牡丹花总是很华丽，芍药则显得更加轻盈；牡丹花的厚重难免让人感到些许沉重，芍药则更加明丽，可谓牡丹有德行，芍药有才华。

草芍藥

芍藥

百花谱

## 凤仙花

栽种在庭院篱笆外的凤仙花分外美好,假如近距离观赏它的话,倒反会失去几分趣味。鲜嫩的绿叶在阳光里看起来十分清透,花朵们簇拥在一起红艳艳地开放着。外表很像可以把玩的物件,并不会令人心生厌恶。当我用手指摘下它的果实的时候,它就会突然地像虫子一样扭动,随着荚壳的破裂,种子也弹了出来,迅速极了。所以每当看到凤仙花,我都会感叹天地之间的草木与鸟兽之生机勃勃,之充满奥秘。刘伯温曾说凤仙花不值得一提,这又是为的哪般呢。

## 断肠花

秋海棠[1]虽然个头很小,叶子却长得很大,托起的花朵亦优雅动人。好似一位不附庸权贵的女子,心胸开阔、谦虚自得,相比其他女子,超脱而秀丽。在面朝北方的小小书房的窗檐下,秋海棠悄然盛放,脚底下是厚厚的绿色苔藓包裹住的土地,有些许寂寥之感,想必这间书房里面的人也必定是秀丽而清爽的人吧。

---

[1] 秋海棠:即断肠花。

鳳仙

千辰壬午初秋下旬
眞寫

百花譜

秋海棠　壬午夷則中六日寫

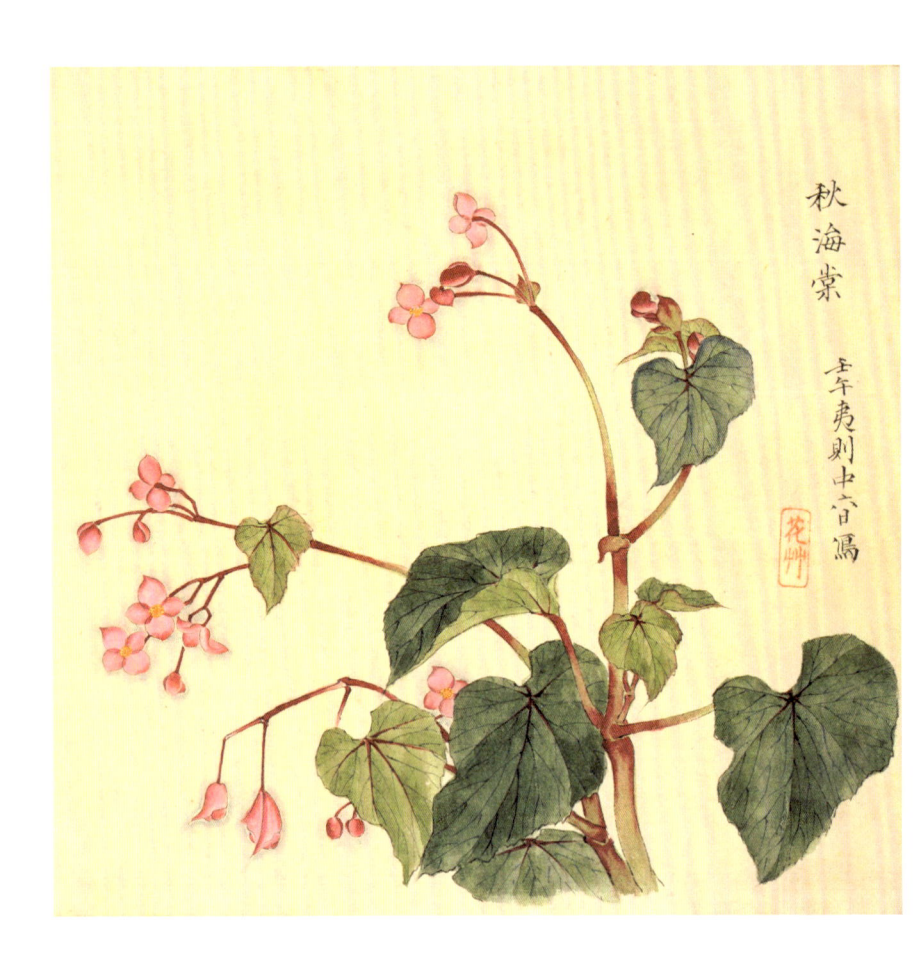

## 白萩

　　白萩，即日本胡枝子，其略带紫色的淡红色花形似春兰，仔细观察方能发现它的奇妙之处。它的叶子很像袖珍版的□叶兰，一根茎上开出了五六个花朵，似玉簪花。白萩似乎不喜欢潮的环境，我住在谷中的时候，曾在庭院的角落里，瞧见白萩的身影，当人们将它移栽到淋得到雨的地方后，它们竟全都枯萎了。我在导岛的居所则常年阳光充沛，所以白萩也生长得十分茂盛。说来十分奇妙，去年和今年，每每看到它，我总会驰骋自己的想象，在脑海中生出一副鬼怪的面相，这是为何呢。

# 牵牛花

　　常言道，福神厌恶贪睡晚起之人。富裕之人年轻时候生活放纵，住在西南边的不夜城，喝得酩酊大醉，连耳边的钟鸣之声、黎明时分的云彩都难以忍受。即使是白天，他们也紧闭门窗，点亮蜡烛，硬是要把白天当作夜晚玩个痛快。他们不受金钱的束缚，所以也丝毫不在意周遭人的眼光。但金银易尽。在日本，哪怕是那些过去曾经家财万贯的人们，到现在也家财散尽，仅存百万贯积蓄罢了。昔日的富豪们难以再维持既往的地位和奢侈无度的生活，便急急忙忙把家宅托付给亲戚们，自己则带着仅剩的一点财产，被迫离开祖宅。有的人搬到了大阪的福岛，住在僧侣们行义的房子里，眺望北边的高山，也算自得其乐。因为这样的生活不再需要物质带来的安慰，靠着所剩家财的利息，原本生活也能如意。但他内心依旧十分警戒，警惕着不再重蹈覆辙，一心只想沉浸于观赏花鸟，抑或是成为宗因之后人西山昌札的弟子，学习如何吟诵连歌[1]。彼时在岛原听杜鹃鸣叫，此时思考诗词的五言韵律，他把各式各样的事情都做尽了，也享受了其中的乐趣。有一天，不知道何时

---

[1] 连歌：日本古典诗歌的一种体裁，在集会中诗人们按照顺序依次创作诗歌。

掉落的种子在篱墙边生长了起来，牵牛花的两片叶子离开了土壤，甚有俳句中所说"愿得一家，不离不弃"的意境。人们每天给它浇水，草便顺着篱墙向上攀爬了起来，终于在六月初开出了第一朵花。白色的花瓣上露珠晶莹无暇，不负朝颜[1]之名。这位隐居民间的昔日富豪对此心生喜爱，不知不觉中甚至不再贪睡了，为了一睹朝颜的芳容，不惜在黎明时分便离开蚊帐，顺便吸食一口烟草，心中满是喜悦。只见他亲自汲来井水，清洗容颜，眺望四周的高山，此时此刻才真正体味到不需要用金钱置换的乐趣。甚至感叹道，过去浪费的钱财和无谓的时光，只是虚无和无益，直到此刻才扫清了心中的尘埃。于是从此之后，他便习惯早起，每日打扫居所，清理庭院的灰尘，勤动身体，之后享用早餐。他忘记了过去的不适，身体也不再多病。这一切都是牵牛花的功劳啊。

---

[1] 朝颜：牵牛花别名。

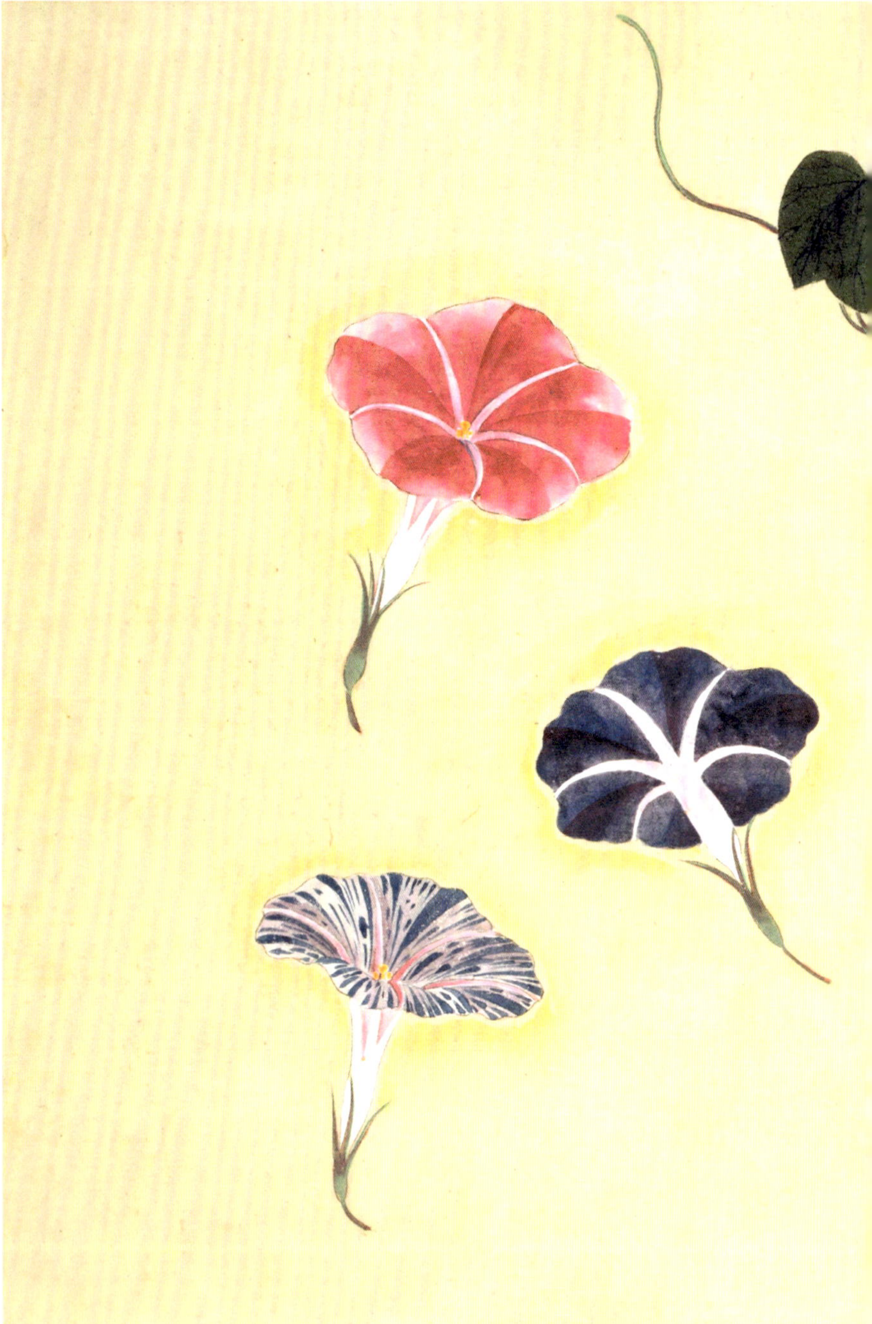

牽牛花

乙酉庚刖次百一日
朝臣寫

## 木芙蓉

木芙蓉不仅花美,叶子也很养眼。木芙蓉在秋日里绽放,除了菊花,再无其他能与之相媲美。传说中,曾有叫做晴的女子,死后化身为了芙蓉的花神。思慕他的男子因为想念自己的恋人,不顾黄昏时分露水深重,单膝跪地,为她献上群花之蕊、冰鲛之鳞、沁芳之泉、枫露之茶四种物件,口中还念着精心准备的咒文,这样的故事听来甚是奇妙。彼年秋日之傍晚时分,我曾经在桥边的人家庭院里瞥见盛开的木芙蓉,我忽然回想起这个传说,那位男子是否也是在这样的景色中落泪呢。秋榆的树叶沙沙作响,蓬艾随风摇曳,在昏暗的夕阳下,西风发出寂寥的声音,此情此景之下面对芙蓉,万千思绪萦绕在心头。尽管人们都说传说不应尽信,但我自己也何曾不像他一样对美丽的女子倾尽思慕之情呢。在那之后也曾嘲笑自己年少轻狂,但现在回想起来,彼时的自己不过是自作聪明刻意表现自己的豁达罢了,但这样行为只会让自己显得更加愚蠢。

木芙蓉

同季南呂初旬八日
寫

薄田泣菫[1]

草木虫鱼

1 薄田泣菫：日本散文家、诗人，著有《草之情》等。

能将自己的姿态、影子、心境与花交错在一起，
并尝试从其中找到和谐与平静的人，
与那些为了自己的喜好而擅自改变花之形态的人相比，
的确是有着更高的境界。

# 影

紧闭的日式木门，午后三点左右的暖阳明亮地照射着，只见庭院里种的那棵木芙蓉的阴影清晰地投映在上面。

婀娜多姿的树枝、杯形状的花朵、锯齿形边似枫叶形态的树叶，眼前这景致的侧脸清晰地浮现在白色木门上。

此时，螳螂出现了，它利用自己长长的腿紧紧地抓住叶子的背面，生怕掉落下来。不一会儿，麻雀也来了，它停留在枝头，引得枝叶和树干都开始轻轻晃动起来。一只小蜜蜂不知从哪里像箭一般朝着木芙蓉径直冲了过来，它把自己藏在花瓣里，汲取花蕊中的花蜜，很快就再次飞走了。

大家看起来都十分忙碌呢。

木芙蓉忽然笑了起来，笑得仿佛脸、肩、胸部和整个身体都缩成了一团——原来是起风了啊。

木门上的影子就像木芙蓉的脉搏，一刻也不停地在自然中律动着，每时每刻，影子都将自己上一刻的姿态和情绪抹去，立即为人们呈现出此刻的体态和当下的感情。人们想要捕捉它某一个时刻下的风韵，难道只是徒劳吗。

木芙蓉
南昌伸日

过去，前蜀的某位夫人，在秋日的漫漫长夜里，百无聊赖，独自在房间里沉思。忽然，她好像发现了什么，嘴里顺势喊出："竹子在那里！"原来是夫人最喜爱的竹子被栽种在庭院里，晚间在灯火的映衬下，像仙女一样投映到了纸窗上。此时，月光洒落，夫人意起，立即拿起画笔，一气呵成地将纸窗上的竹子用墨色填满。这一时兴起之作，在后人们看来，枝干和树叶都活灵活现，跃然纸上，此作品也成为画竹之杰作。

后人说，这幅画是墨竹的起源，但我以为这名头并不紧要，真正重要的是夫人不假思索地捕捉到了大自然当下的姿态，把生机绘于纸上，这才是最难得的啊。

世上很多人会对自己的外貌感到满意，但为自己的影子所倾倒，甚至还能品尝其中乐趣的人，恐怕不多吧。

以风流倜傥著称的明末四公子[1]之一冒襄的爱妾小宛，就是这样的一位奇女子。

据传言说，小宛品尝熟透了的红樱桃的时候，旁人甚至无法分辨樱桃和她的小嘴，可见她是一位美得令人向往的女子。可惜她在二十七岁年华大好之时香消玉殒，冒襄悲痛欲绝，为其写下回忆录。在冒襄的回忆

---

1 明末四公子：即金陵四公子，又称明复社四公子，其四名主要成员陈贞慧、方以智、侯方域、冒襄处于明朝末期，在当时文坛起着举足轻重的作用。

紫竹有圓与方、者絕貴

むらさきたけ

白菊

中，小宛很喜欢对着自己的影子沉醉，她总喜欢在明月的光辉下摆弄姿态，难以自拔。

彼时，有人送来一束菊花，花瓣和叶子的光泽相映成趣，被枝条高高托起，甚是好看。可惜小宛已经因病卧床不起，她勉强起身并将菊花摆放在洁白的六面屏风之前，自己则倚身靠在花旁。她试着利用光与影，不断调整着自己和花的投影。她身体显得很疲惫，口中悲伤地轻语着，"菊花虽美，人却如此清瘦……"

能将自己的姿态、影子、心境与花交错在一起，并尝试从其中找到和谐与平静的人，与那些为了自己的喜好而擅自改变花之形态的人相比，的确是有着更高的境界。

# 落梅之音

今年在入梅之前，雨淅淅沥沥下个不停，待梅雨时节姗姗来迟，却每日艳阳高照，甚至房子周围的水田都枯竭了，农民的插秧也不得不推迟了下去，晚上青蛙的叫声似乎都干哑无力。终于到了六月底，雨水来了。起初是绵绵细雨，之后就变成了倾盆大雨，就这样连续下了两三天、四五天……最后甚至一连下了九十天。因为连续的雨水，天地之间似乎已经被大雨和那阴沉的雨声所压垮了，花鸟鱼虫、山林野兽和人类都仿佛河堤里即将被冲走的鱼儿一般，危机四伏。这样的危机感是梅雨给我们带来的，正如俳句诗人芭蕉所说，"梅雨汇聚，最上川奔涌"，仿佛堤岸即将被混杂泥沙的河水所吞噬，水流如飞箭，湍急无比，人们被眼前的景象所震惊，紧张的心情喷薄而出。又如与谢芜村的俳句，"梅雨时节，两户人在河前"，也同样描写了这种危机时刻的壮观之景。而我每次遇到梅雨时节的倾盆大雨时，内心也总会涌动着一股因这种不安的情绪而产生的快感。

经过几日连绵不断的雨水后，总算盼到了雨水歇脚的日子，正如凡兆[1]所说的，"梅雨即将离场，细雨随之而来"。从长期以来阴霾密布的雨季中积累的不安和忧郁，总算得到了解脱。激荡之后，一扫疲惫的明丽之情涌上心头，随着时间的推移心头越来越敞亮，这样的时刻舒服极了。

雨还在继续下着，直到深夜里人们都睡去了，它才悄悄地停下了脚步。如果这时正好有明月相随，院子里的大树的影子浮现在窗户纸上，就像倒映在水中一般，轻轻摇曳了起来，要是此时人们突然醒来看见此情

---

[1] 凡兆：即野泽凡兆，日本俳句诗人，松尾芭蕉的主要弟子。

梅

百花谱

此景，定会惊叹于这只有在梅雨季节才能遇到的美景。

在没有月亮的黑漆漆的夜里，即使夜深了也翻来覆去难以入睡，这时人们忽然注意到窗外一直淅沥不断的雨忽然停了，窗外的所有草都被雨压得抬不起头，就像湿漉漉的头发一样贴在泥土之上，没有力气直立起来。在这样静悄悄的场景之下，往往会听到什么东西滴答落下的声音。

这是梅子熟了从树上掉落的声音啊！这时，我心里又是惊喜又是感怀，仿佛这颗梅子直接掉到了我的心里一样。原本闲静的梅子，在枝头轻轻地一声叹息，便从枝头滑落下来，也许它就是想掉入我的心灵深处，与我一同感叹生命吧。

听闻小堀远州[1]十分钟爱古濑户装茶的小壶"伊予竹帘"，他说只要看见这个器具，内心总能感受到侘寂，所以很长一段时间他都对其爱不释手。后来，就连他的儿子权十郎都在这个小壶上写，"昔日，亡父遇孤蓬庵主，偶得此壶，赐名曰伊予竹帘，其形如编笠，陈旧中有侘寂之感。以古歌诵之，伊予竹帘令我心生侘寂，吾等愚笨，望尽其侘寂之姿，内心甚感寂寥。青苔日渐厚重，任凭时光飞逝，却鲜有人问津，此等安闲之

---

[1] 小堀远州：日本安土桃山时代至江户时代前期的武将，著名茶人。

境正有一番情趣。我等之年老体弱，不求富贵，但求在秋夜的长梦中，能与这份沉寂相伴"。

我之所以喜爱梅子落地的声音，也是因为我同样地热爱这份宁静中的侘寂，正因为此，故乡那被梅树环绕的小屋，至今让我念念不忘，难以割舍。我现在借住的居所周围看不到梅子树，这总让我感到缺少了什么。屋檐下的梅树，并不是供我采摘果实，而是让我享受果实落入泥土的声音啊。

# 山茶花

山茶花仿佛在笑着哭泣。它独自站在十一月底寒冷寂寥的草木丛中，白色或淡红色的花朵清冷地开着，就像惹了风寒的女子，眼边微微发红，像是发烧了，用手轻轻地触摸之，顿时感到皮肤因为湿冷而传来一阵寒气。来来往往的流浪蜂们看见它，便把头埋进它那大朵的花瓣里想要汲取蜜汁，但很快便失望地离开了，许是因为花香过于清淡、花朵过于冰冷的缘故吧。

过去躲在院子阴暗处的茶花，总是面朝着阳光的一面开出花朵，所以今年春天，主人一早就把它移栽到了院子中央，确保光照充足。可是，它就像一个平时总

山茶

庚子年三月二日畋リ
橋雨宮氏庭中ニアリ
一枝ヲ愛真寫

是待在偏房里不待客的女子，突然被拉到了人群的中央，于是女子不安地摸着自己和服腰带上背后的结绳一样，山茶花也开始在意起自己的后背因为面向阴影一面而枝条稀疏，于是它便勉强开出三四朵小花来，像是在以此打发人们的期望一样。

这真是一种寂寞又清高的花呢。

## 杂草杂谈

### 河井宽次郎[1]

[1] 河井宽次郎：日本近代陶艺家、艺术家，民艺运动的核心人物之一，被称为"土与火的诗人"。

在空气中打出一个孔，便会因为气体流动产生声音，
在黑暗中凿出一个洞，便会透入光亮，万物相连，生生不息。

# 1

罂粟花被用来制毒之后,便被驱逐出了花田。将其绚烂华丽的花朵摘走,对孩子们来说,何其不幸。我并不打算取之以制毒,希望你们将这份美丽归还于我。

# 2

柿子是一名诚实的雕刻家,将尽自我之全力用心雕琢的花朵,毫不留情地将其挥洒至地面上。即便是对这些不会结出果实的花儿们,柿子也同样殚精竭虑。

# 3

矢车菊,女孩儿们和服上常见的图案,在它的映衬下孩子们显得愈发美丽。经过多次洗涤,和服上的矢车菊虽然已经逐渐变淡,但在孩子们经常玩耍的田地里,它依旧盛开。

柿花

辛巳初夏

寫

百花譜

癸未夷則十重望日
後園填真寫

## 4

南瓜花得不到任何人的赞美，人们只摘走南瓜的果实，却鲜有人留意到它的花朵。如今在缩缅南瓜和葫芦南瓜身上已经看不到那些褶皱，也许人们当时并没有刻意地把它们放在心上，但定不会错过这份美丽。许是当时人们日常生活中经常食用这些表面有着褶皱的南瓜吧，所以深谙石雕表面的凹凸之美，故石雕得以在市面上开始流行。

## 5

天香百合一旦从山间移植到人工花田中，便会丧失它那无与伦比的芬芳。也许是因为它不舍离开那长满芳草的故乡，为了能够早日归去，便将芬芳作为纪念，期待有朝一日能回到自己的故乡。

百合

甲申年林鐘初四日
真寫

## 6

山茶花以惊人的速度诞生出了很多变种。记得在以前还只有野山茶的年代,对眼里只有这一种山茶花的孩子们来说却是幸运的——虽然如今通过各品种的杂交和培育,获得新品种的过程的确很有趣,但这种变魔术一样的趣味性与山茶本身的美丽却是毫无关联的。你看野山茶那端正的形状和它那深邃而纯粹的颜色,仿佛是雪天里暖被桌下的炭火一样,倍感温暖。

## 7

王瓜之花,隐藏于谁都不曾注意到的杂草丛之中,王瓜费尽了心思为自己编织出来一朵朵花儿。王瓜的果实总是被乌鸦们所觊觎,但王瓜的花朵似乎并不期待着被人们所宠爱。

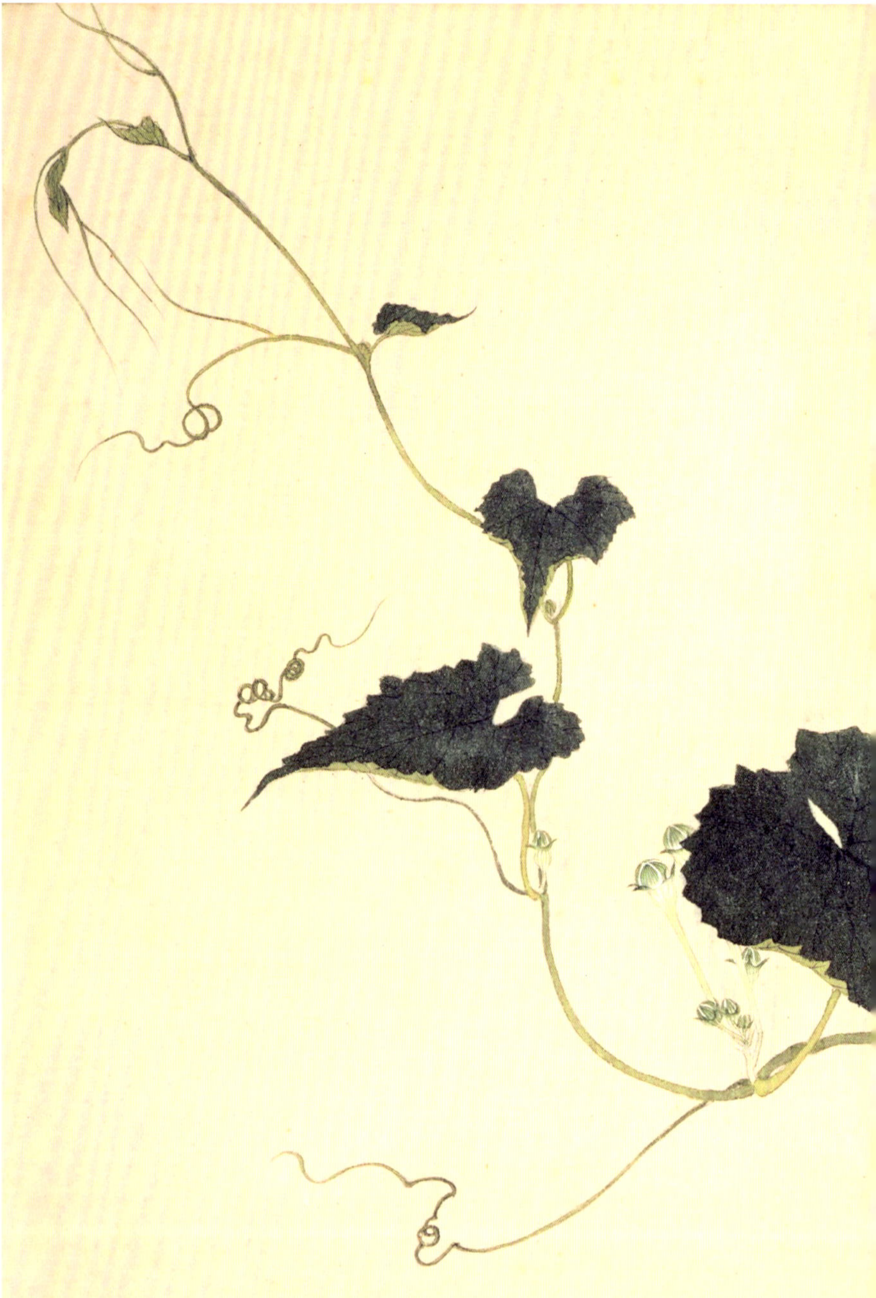

王瓜

甲申南呂初六日
真寫
蔓草

## 8

桐花的高名广为流传，但却很难见到。这是因为桐花厌倦了平地上的琐事，跑到无人问津的高处，纵情地绽放自我。

## 9

据说野生的铃兰一旦从原生地移植出来，便会迅速地枯萎，铃兰以死抗拒离开自己的故土。最近被广泛种植的外来品种则不论在哪片土地中都能适应，十分单纯率直，但这样的花也会被认为缺乏气节和节操吧。

## 10

郁金香彼时还未传入日本，至今对郁金香的印象依旧像是画在洋画儿上的东西。自古便传入日本的各式花草经过与岁月的磨合，与新土地相交甚好，彼此体凉，最终适应。果然，能够坚守住节操的还是野草一类啊。那些被人们精心呵护的花草们，为什么总是显得如此脆弱呢。

# 11

大波斯菊在童年懂事的时候便已经适应了日本的环境，在农户的屋后和田边安了家。

# 12

宝盖草[1]究竟是什么样的草，我也想坐上去试试。血红石蒜[2]看起来的确很是锋利，萱草之叶大概也是一柄正宗名刀吧。

---

1 宝盖草：日语中称为"佛之座"。
2 血红石蒜：日语称其为狐剃刀草。

## 13

究竟哪株是蝴蝶花、哪株是燕子花，对孩子们来说这根本无关紧要，因为它们都很漂亮。这些花儿仿佛被绣在了水做的画布上，更加美丽动人了。我不由得想，它们被雨淋湿了不要紧吗？被夕阳照耀的时候会不会变得更美呢？

## 14

曼珠沙华喜欢在田边的地藏菩萨身边安家，围绕着就像在举办活动一般。另外，这种花喜欢墓地，因为那里是能够充分燃尽寂寞的地方啊。

## 15

海棠是一种始终在盼望着雨的花朵，华丽的外表下面埋藏着忧郁，总是低垂着脑袋，等待着雨水的到来。

燕子花

曼朱沙花

甲申南呂廿有九日
圖甫真寫

## 16

石榴花张开了鲜红的大嘴,直勾勾地盯着夏天水井边正在制作夏季河豚料理的女人。

## 17

荠菜花遍布于乡间小路边,无人问津是荠菜花的幸运,因为这样可以保持野生的状态。假如你不小心去把玩它的花蕾,便会被它狠狠反击。

## 18

菊花一直被认为是国花,受人爱戴已久。菊花品种甚多,争相斗艳,互相攀比颜色和姿态,结果反倒变得庸俗了。现如今真正维系着菊之美好的,恐怕是那些被遗忘在田边角落的,耐得住风霜的小野菊吧。

薺花

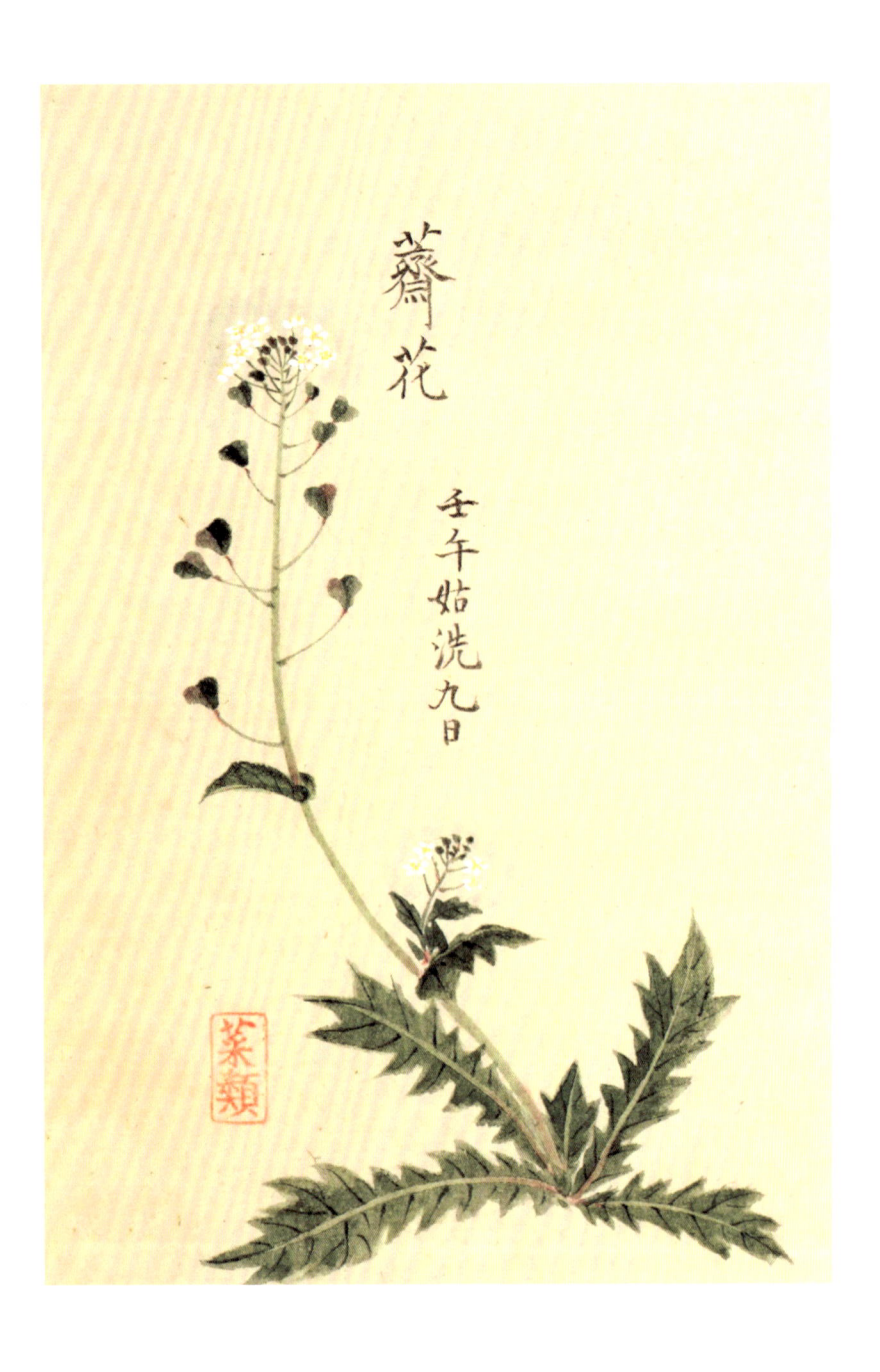

壬午姑洗九日

野菊

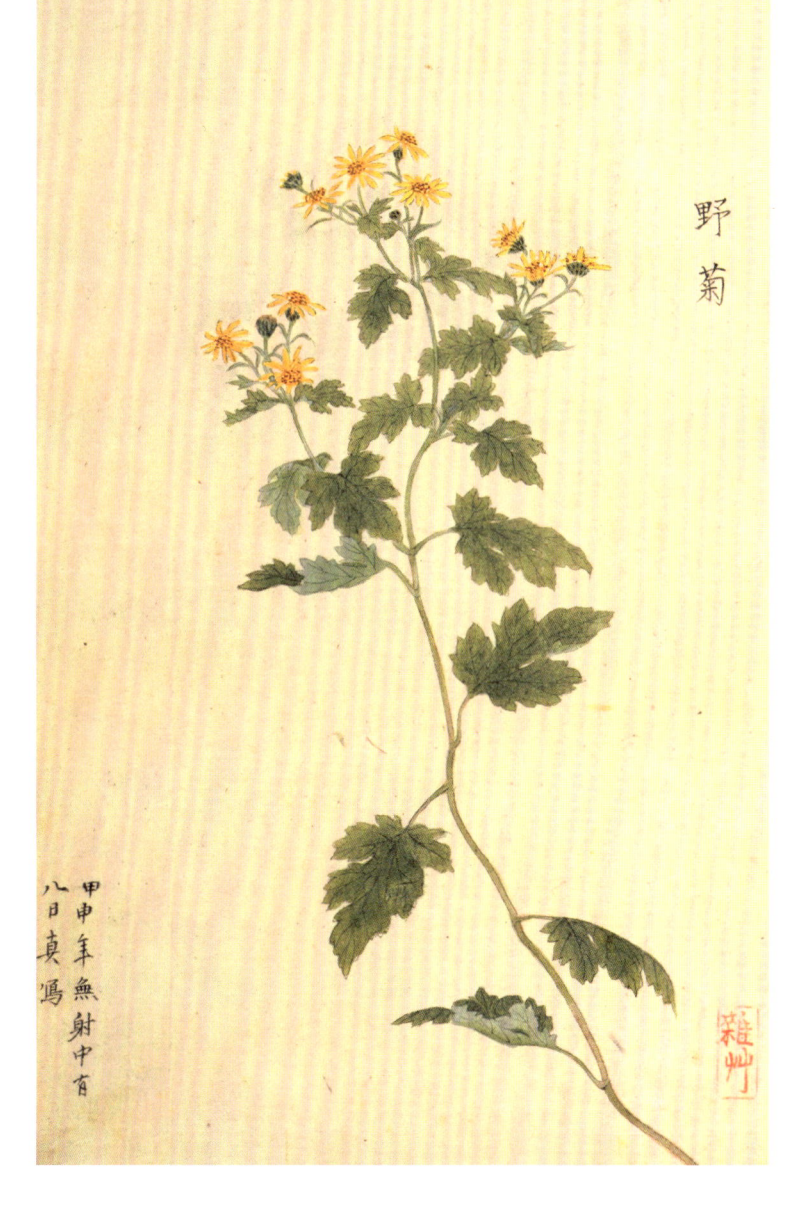

甲申年無射中呂
八日真鳴

## 19

柑橘之花精灵古怪。它们总是遮遮掩掩,同时招揽很多的小虫子。对柑橘来说,人类必定是不受欢迎的客人,但柑橘的果实,却是被人类这个不速之客给摘走了。

## 20

栀子花在梅雨季节昏暗的夜晚,抬着洁白的面庞,扑鼻的香气引得人们前往,栀子花那美妙的果实、漂亮的颜色,不正是它发自心灵深处的爱意之言吗。

## 21

野花野草们,无时无刻不在散发出一种迷人的气质——整齐之物的不足,未尽之物的救赎,不流行之物的魅力,过时之物的骄傲,不被人看到的喜悦,无人知晓的自由,无法到达的希望,永不满足的喜悦。

山梔子花
壬午蕤賓
末九日寫

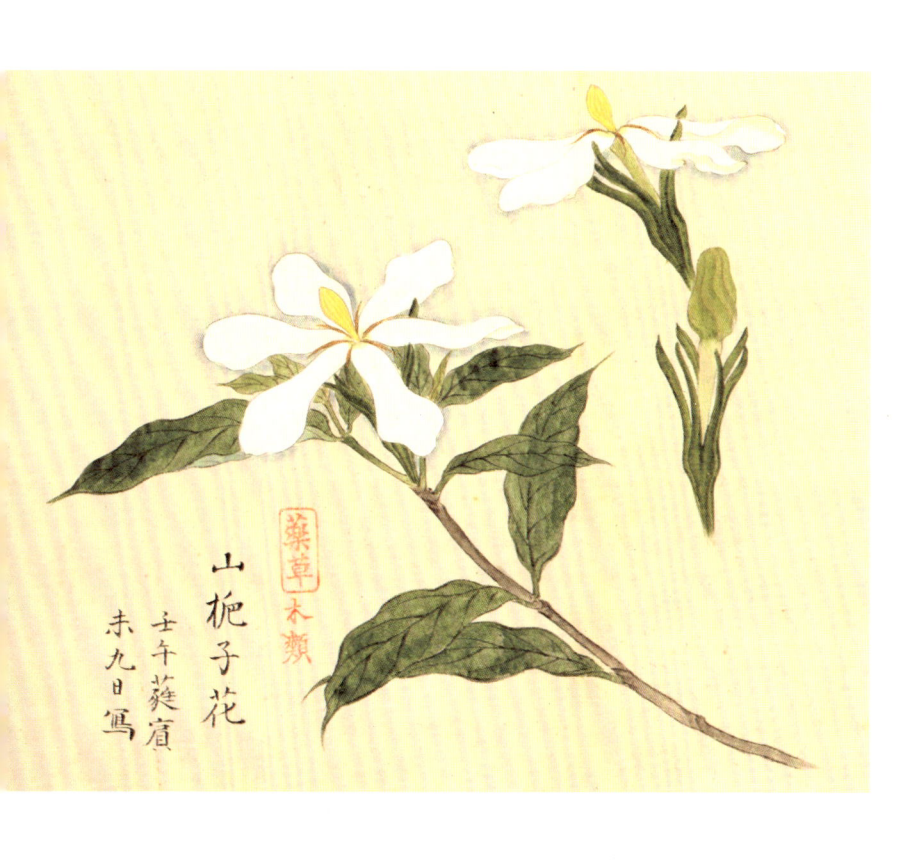

百花譜

龍膽一種

同日於自園
真寫

## 22

孩童们初见龙胆草，是深秋时节的山间草丛中。龙胆草大半的身体被即将枯萎的草丛掩埋，高高地抬起头，伸出舌头舔舐天空的滋味。最近，不知道是哪国来的舶来物种拼了命地挺直了腰杆，一副得意洋洋的姿态，倘若它们见到如此谦虚的龙胆草的话，一定会感到惭愧的吧。

## 23

进入德庆寺的大门，意外地发现一株巨大的芙蓉花，本该像胡枝子一样每年进行修剪，但因为疏于修整，已经变得像小山堆一样地繁茂，长满了花朵的枝头甚是壮观。不久后散落一地，这样繁华的景象，是芙蓉的极致之美。

## 24

孩子们觅得木槿同科的白色品种，于是便种下了

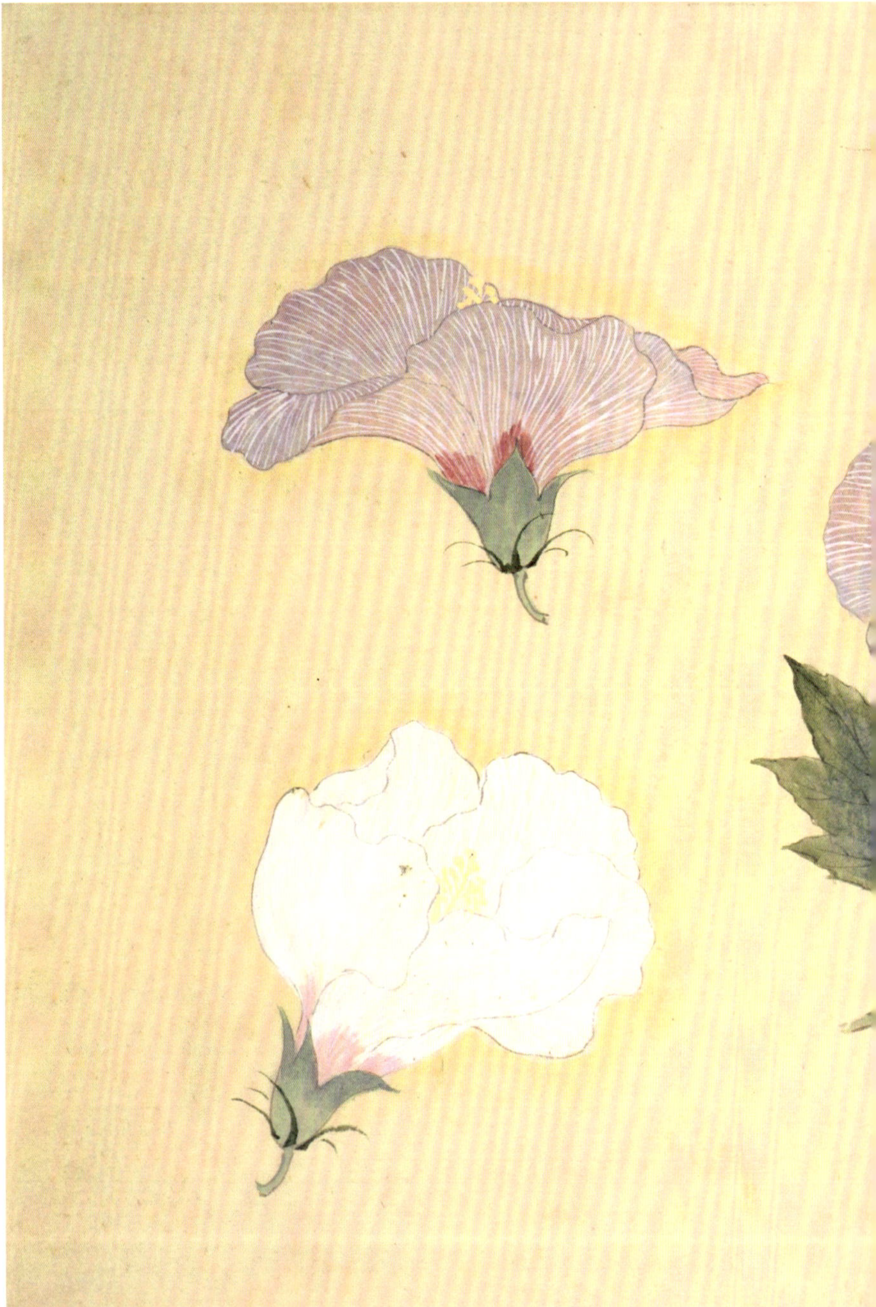

木槿花

壬午南呂廿有一日
寫眞

卯之孟秋十五八日
園中折枝真写

木槿

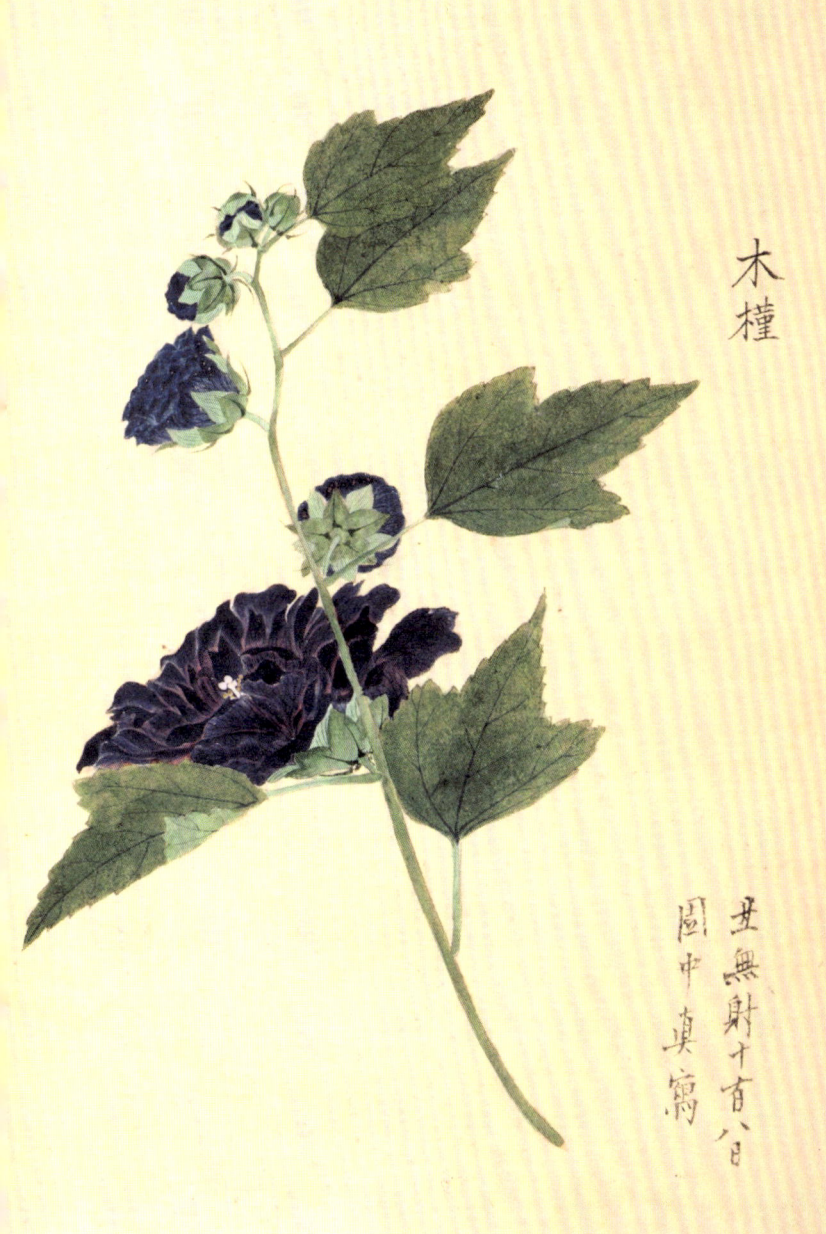

安無射十有八日
圖中眞寫

它，可是不知什么时候它与蒙着一层尘埃一样的紫色花儿互相交配，从原本埋下的种子中生长出略带深红色的花朵。不论是芙蓉还是木槿，都会吸引身体像蛾子一样可爱的蝴蝶前来光顾，而这株植物却从开花时节起，就吸引了大量的不知从何方赶来的蝴蝶，让人感到非常惊喜。另外，芙蓉花也有一个叫做"醉芙蓉"的变种，醉芙蓉在晨间看起来是恰到好处的白色，可是随着日头升高，会逐渐变成红色，胜似品尝日本酒之后脸上的微醺。

## 25

据说鸡冠花来自遥远的国度，并适应了日本的土地，对孩子们来说则并不陌生，随处可见，十分亲切。它也被称为"狮子头"，造型华丽，派头十足，很难让人不喜欢。雁来红也是一样，院子里、房屋后的菜地里，十分常见，它的颜色使得这个季节看起来更加深沉和安静。

# 26

忽而感悟到,所谓的"为己而杀生"——为了自己活下去,不得不扼杀其他的事物——这听上去是十分荒谬的。究竟要扼杀什么,而什么东西又被我们扼杀了呢?恐怕真正这样做的人并不多吧。另外,"被扼杀的东西,会在扼杀者的身体里再度重生",那么其他的那些被扼杀的事物一定都有着自己的归宿吗?佛法中所讲述的"不生不灭"[1],也是这么一回事吧。在空气中打出一个孔,便会因为气体流动产生声音,在黑暗中凿出一个洞,便会透入光亮,万物相连,生生不息。

那些潜藏在内心中的快乐、贪恋享乐所带来的愉悦、油然而生的喜悦、放空自我的满足感、因为遗忘而带来的悠闲,甚至那些因为慵懒和怠慢所带来的快感,都是组成了我活下去的乐趣呢!

---

[1] 不生不灭:佛教认为一切事物皆虚幻,本来无一物,既未生,故不灭。

# 花月之夜

## 德富芦花[1]

[1] 德富芦花：日本小说家，著有《不如归》《自然与人生》等。

薄薄的影子和月光洒落在落花满地的庭院里，漫步庭院，宛如漫步天堂，美丽而愉悦。

开门，只见十六夜的月亮挂在樱花树的树梢上，绿色的薄雾笼罩着淡蓝色的天空。白云自由地飘着，靠近月亮的云彩们像银一般闪耀着，远处的云彩则像棉花一样柔软。春日里的繁星点点，闪烁着微光装饰着天空。朦胧的月光照射着花朵的面庞，茂密的枝干则挡住了月亮，导致光线昏暗，枝条稀疏的枝干则被月光照得呈现苍白色，眼前的风情难以言尽。薄薄的影子和月光洒落在落花满地的庭院里，漫步庭院，宛如漫步天堂，美丽而愉悦。眺望海滩边，沙洲白茫茫的，就在这时，不知从哪里传来了动人的民谣歌声。

不久之后，雨点淅淅沥沥地落了下来，之后又立即停了。春日里的白云笼罩着月亮，夜色翻白，樱花的颜色浅得仿佛就要消散。这时，耳边的蛙声也安静了下来。

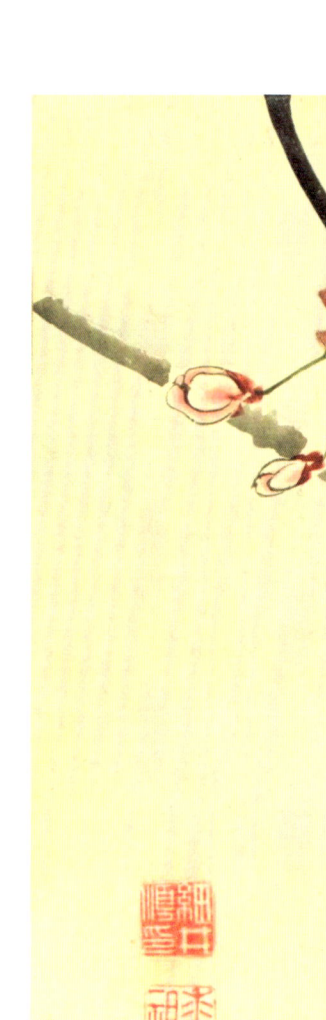

櫻

# 秋草与虫鸣

## 若山牧水[1]

1 若山牧水：日本和歌作家，著有《秋风之歌》《白梅集》《木枯纪行》等。

说起山林中的花儿们，则不得不提到龙胆。

虽然也有在春天盛开的品种，但只有秋天的龙胆才是货真价实的龙胆。

秋天的花花草草之中，最早开放的是哪一种呢。是胡枝子，还是桔梗花？被人们摆放在花坛或佛龛前的桔梗花不免显得有乏味，当人们在青葱茂密的野草之中意外地发现一两朵桔梗花时，才能得知它最本真的模样。我曾坐火车从甲州的韮崎站出发，随着列车驶向日野春、小渊泽、富士见和靠近信浓的高原。当列车驶过，在铁轨两侧的桔梗花也随着列车而摇曳着绽放。每当看到它们时，我才察觉到原来秋天已经来了。

除了桔梗花，这一带还有石竹花，它们比桔梗花更鲜艳、更引人注目，甚至看起来更像是属于夏天的花。

萩花也有夏萩等品种，常见于梅雨过后的湿地上开花垂枝。可能因此，它给人的"秋天"感觉有时会变得淡薄。

胡枝子也分夏季品种和秋季品种，譬如梅雨时节里，潮湿的地面上胡枝子低垂着头默默开放。正因为此胡枝子专属与秋日的感觉就变淡了。

然而于我而言，只有在故乡的后山的原野中拨开高高的花草丛，拾捡栗子的回忆才能永远唤起我对秋天的思念。

花菱石竹

胡枝子

那么，最早知秋的花到底是什么呢？我首先想到的是女郎花[1]。它经常被人们用来装饰在穿梭城镇的木制花车上，昭示着秋意。虽然花车上也有桔梗花或者其他的秋草同样地向人们显示着秋天的到来，但其他花所蕴含的秋意是偏概念性的，它们不像女郎花那样能够从感官上让人们感受到秋天。更何况每当看到一两株女郎花在野原或路边在风中轻轻摇曳时，我便会深深地感受到新的一年之秋再次开启。无论女郎花是零星数株还是成片开放，都很漂亮。

男郎花[2]则是只要发现一两株就会令人感到兴奋的花，相反地，如果一次开太多株的话反而会显得有些笨拙。只见在女郎花盛开的原野尽头，有一簇白色的男郎花也开了。

曼珠沙华刚开几朵的时候，人们总是后知后觉地感叹它的花期已至。在日本，它还有个别名叫做"彼岸花"，我认为这个名字更加适合它。彼岸花每次都是一两朵零星地开放，假如株数太过繁多的花反倒会显得拥挤起来，令人厌倦。它的色彩深沉，从前往入江的小船上看过去，东京的三宅坂越过护城河到宫城墙附近的一

---

[1] 女郎花：中文名称为黄花败酱草，日语中称为女郎花。
[2] 男郎花：中文名为攀倒甑，与"女郎花"同为忍冬科败酱属，花朵为白色，相比女郎花更加高大，故在日语中得名男郎君花。

百花谱

桔梗

辛巳夷則絵九日

女郎花

百花谱

处，这花成群地开放着，每年我都会去看看它们是否开放了。在东京彼岸花很是少见，在相模野却非常多。

翠菊，也是一种属于乡野田间的花，在东京的近郊很常见。有的人可能会觉得它们过于平凡所以会感到些许厌恶，但当人们漫不经心地注视着它们的时候，会恍然发现它们也是属于秋天的花儿。翠菊不适合在手掌间把玩，只能任其生长在田间静静地赏之。只见翠菊被密密麻麻地栽种在花田里，美丽的花儿们随风摇摆着，眼前尽是翠菊的身影，此刻人们不会再说起它们的身份卑贱了。

方才所讲的彼岸花多见于水边，光千屈菜[1]也是如此，这种不显眼的花其实也十分可爱。在这附近冷风阵阵的山阴地带，开了很多鲜艳的光千屈菜，许是因为幼时的记忆吧，每每看到它们我总会想到过去的盂兰盆节，想起小巧的红色蜻蜓在空中飞舞的情景。

光千屈菜在水沟边的草丛中绽放，孩童们则在一旁点燃了篝火。

翠菊属于田间，而名为松虫草的花则像是一种被人们移栽到了野原上的花儿一般。松虫草的外表清冷，像是来自寒冷地带的样子，虽然在这附近也能看见这种

---

[1] 光千屈菜：学名Lythrum anceps，常见于湿地或水岸边，在日本盂兰盆时节开放。

蓝紫色的花儿，但信州地区则比这里的松虫草颜色要亮丽得多。前面提到的桔梗花也是山林中的更为好看。

说起山林中的花儿们，则不得不提到龙胆。虽然也有在春天盛开的品种，但只有秋天的龙胆才是货真价实的龙胆。秋末冬初的阳光底下，被落叶盖住的茎上生出的花朵，充满了生机。深紫色的花朵中带有一些蓝色，浓艳而美丽，这样的景色只有在树叶早早落下的山林之中才能看到。

在蜿蜒的山路上攀登时，路边偶遇龙胆花，落叶的红色还未完全消退，被深埋于其中的龙胆花。寂寞吗，在落叶的遮蔽中开放在深山的深紫色龙胆花，摘下来仔细赏之，龙胆花的紫色更显清澈。人迹罕至的山路上，石头突兀地显露出来，在这荒凉的山路上开放的龙胆花，在竹林中的竹叶阴影下盛开的淡色龙胆花。还有，我妻子喜欢的花——秋日里的龙胆，春日里的山茶。

同样在秋末时节可见的花草，还有黄背草和地榆。地榆看起来有些寂寞的感觉，外表却意外地亮眼，因为它的花朵看起来就像是一位年轻的贵人因为某种缘故而剃度的僧侣一样。黄背草也是一种越看越能够让人感受到温度的秋草，它们总是在已经开始枯萎的原野上摆弄着风姿。

甲申菊月十七一日真寫

龍膽

地榆

从秋初到秋末，令人见而不腻的秋草当属芒草。我越过丘陵时，路边的芒草穗还很年轻，带着些许红色，也很耐看。当人们在阴历十五月圆之夜赏月时，可以不准备其他东西，也必须插上几支芒草用于供奉。不知不觉中，秋色越来越深了，各种秋花和秋草逐渐落败，只有这芒草带着略白的身影依旧在微风中摇曳，这样的景致虽然寂寥，却又不可或缺。

同样朴素但不能忽略的还有野菊和竹叶菊。许是因为我的个人喜好吧，这才发觉我提到的都是野花。

庭院里还栽了大丽花、波斯菊和鸡冠花。大丽花适合放在深夜里的书桌上欣赏，波斯菊则让人联想到市郊那小春日和的景象，鸡冠花则是朴素的花，适合开在

隐居人士庭院里的角落。

莫动，动了心就散了——椅子和大丽花啊，且莫摆动。灯光刺眼，大丽花的影子下弥漫出我手中饮料的香气，眼睛和脸颊都没有显露醉意的夜晚，在黑色大丽花的影子下饮酒。

华丽地盛开，却总带几许些寂寞的鸡冠花，生性使然，生长茁壮的鸡冠花开得正鲜红，西风中，红色渐浓，鸡冠花也逐渐结出了果实。

忽然间发觉，不可思议的是我似乎没有为波斯菊写过诗歌。

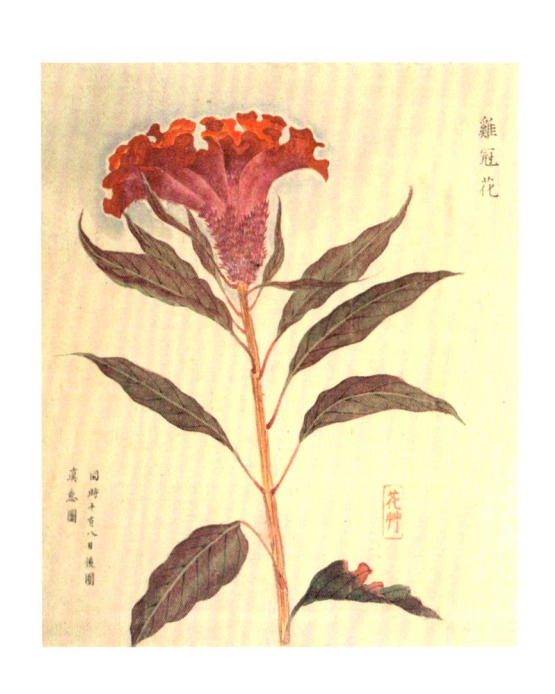

假如把芒草之花比作昆虫的话，首先映入脑海的是蟋蟀。虽然蟋蟀不太起眼，但它们的叫声时时刻刻地渗入人们的心里。在我的宅邸附近，夜幕降临之后，四周响起蟋蟀的鸣叫声，十分清澈，鸣声环绕下品尝的秋梨，汁水饱满，美味极了。切过梨的砧板静静地靠在墙上，果汁还在往下滴落，蟋蟀也在继续鸣叫着……

和蟋蟀类似，还有一种不需要刻意喂养就会在到房间里鸣叫的虫子叫做"茶立虫"[1]。这种虫子像蜉蝣一样渺小，肉眼几乎不可见，但它们时常附着在纸门的门架上鸣叫。鸣叫声很微弱，但那种清寂的音色总会让人不由自主地侧耳倾听。深夜时分，甚至会误以为是钟表的滴答声，故也被称为"钟表虫"。而"茶立虫"一名，也许是因为它们的声音像搅拌茶杯时发出的微弱响声吧。

金蛉蛉和铃虫有点太过于寻常了，那么我最喜爱的到底是什么虫呢？我首先想到了马追虫[2]。住在乡下的美好之处就在于这种虫子会时不时地飞到蚊帐上来一展歌喉。难得马追虫再次钻到了蚊帐里，我躺在蚊帐里舒展着双腿，仔细聆听它们的鸣叫之声。家人们都已熟睡，蚊帐里的马追虫，请你们尽情地歌唱吧。

---

1 茶立虫：啮虫目，学名：Psocoptera，俗称书虱，日语中称为茶立虫。
2 马追虫：日本似织螽，学名Hexacentrus japonicus，日语中称为"马追虫"。

# 树和其叶

## 梅花樱花

若山牧水

这个时节里,周围的常绿林变得像金属一样漆黑亮丽,
而落叶林则顶着枯枝明快而安静地伫立着。
根部的草丛也枯萎了,在一旁吸收着微甜的阳光。
在这一切之中,我还是更爱最先盛开的那一两朵梅花。

农历二月是属于梅花的季节，每到这个时节我的心情却很忧郁。梅花洁白而冰冷，零星一两朵在枯枝的末端若隐若现。寒冬里的北风和西风渐弱，刮起了春日里的东风，就是到了这样的时候，我的心绪也毫无缘故地被忧郁浸染。

懒得张开双眼，我的心底依旧保持澄明和冰冷，不知不觉中，对工作也心生倦意，甚至会想要通过抽烟来缓解忧愁。

这个时节里，周围的常绿林变得像金属一样漆黑亮丽，而落叶林则顶着枯枝明快而安静地伫立着。根部的草丛也枯萎了，在一旁吸收着微甜的阳光。在这一切之中，我还是更爱最先盛开的那一两朵梅花。

今日再逢梅花初绽，与往年同样的惊喜和寂寥爬上心头。

梅花初绽之时，日子了然无味，

冬梅

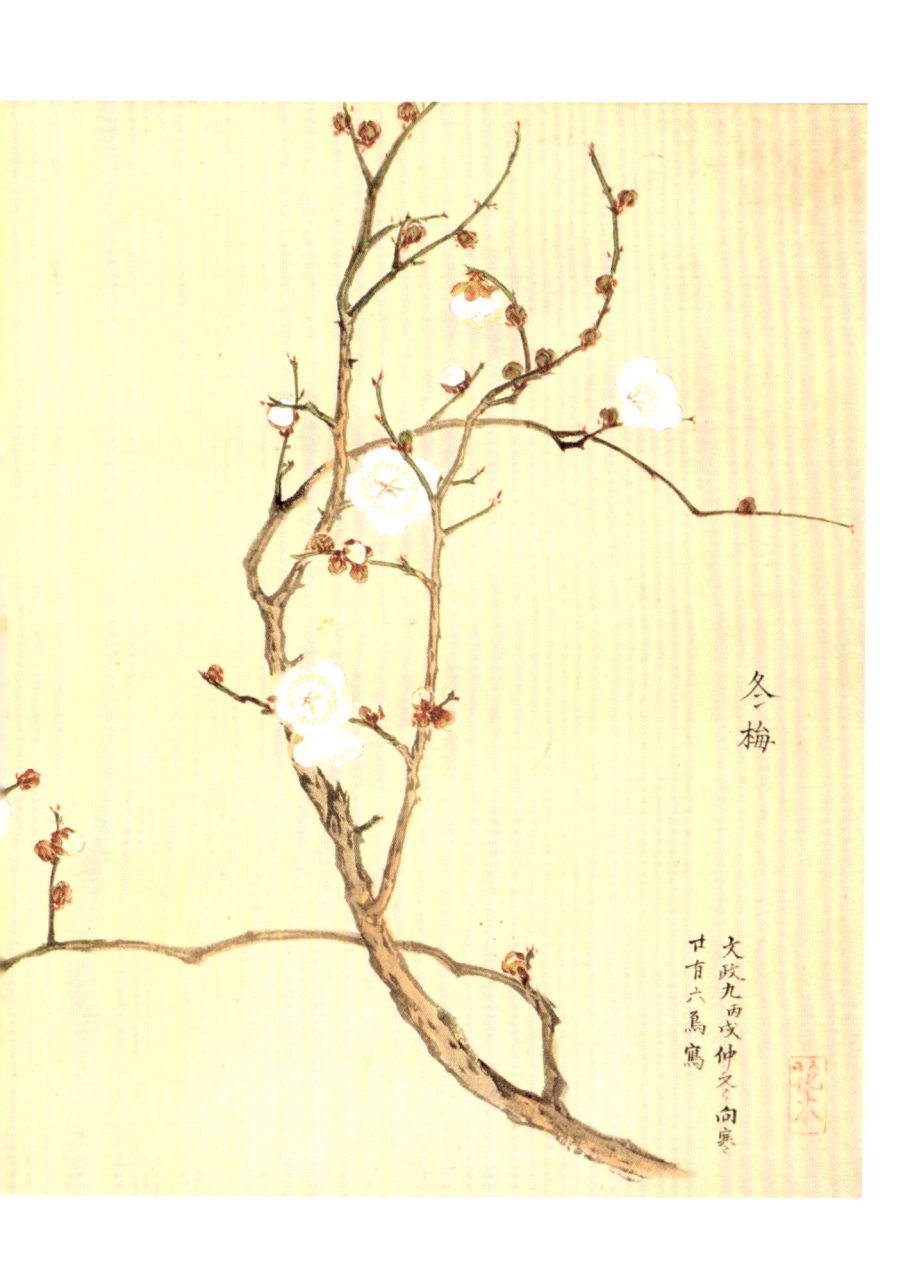

文政九丙戌仲冬向寒
廿有六鳥寫

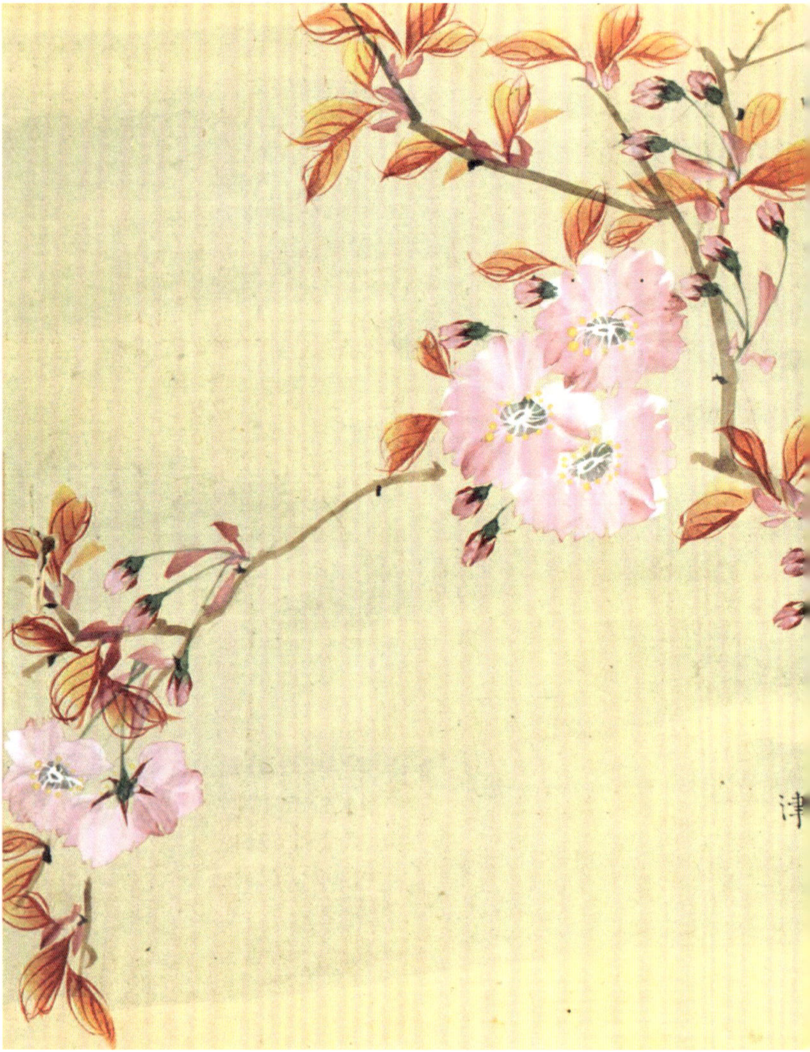
津

梅花初绽之二月,还是落寞在心头。

但话说回来,春日里占据上风的依旧是樱花,但我指的并不是那种在赏樱胜地里人头攒动、灰尘四起中的樱花。静谧的庭院中,有几株樱花开了,雨后显得尤其鲜亮动人,当明澈的阳光洒下时,樱花闪着光辉轻轻地散落在地上。

傍晚时分的春日天空略显湿润,樱花开了,雨过天晴,湿气未散,我家院子里的樱花还未谢下。

阵阵凉风拂过,窗外的樱花纷纷飘落。

终究在春日的暖阳中,绽放着光辉,随风舞动。

不过,我还是最爱山樱花,真正的山樱花,单瓣、雪白,花瓣里带有淡淡的红色。山樱花的叶子有时比花更早萌发出来的,它的叶子

山櫻

就如红色的宝石一般娇艳欲滴，闪闪发光。这样的山樱花在都市里很难找到，必须得进入深山里才能一睹其风采。

淡红色的嫩叶崭露头角，山樱花就要开了。

花与叶，闪耀着。水灵的模样，像是在对我微笑。

路边枯萎的小草还未生出新绿，我借此一坐仰望山樱花。

霞光中，山樱花静静地绽放着。

山坡上被修剪过的枯草之中，山樱花独自闪耀着光芒。

野之梦

卷

二

# 种田山头火[1]

## 白色的花

---

[1] 种田山头火:日本俳句诗人,本名种田正一,著有《草木塔》《山行水行》等。

酒可以让人逃避问题,但却无法真正从中得到救赎。

逃避现实很容易,但要逃避现实一辈子则会步入深渊。

相比树木上生出的花，我更爱野地里生出的花与草；比起春日里的花朵，我更偏爱秋日之花；西洋舶来之植物不得我心，只爱慕山间的野草。

闲来散步，自家周围和山野中、溪谷边，满目都是恣意生长的野草。摘几朵带回家，插到桌上的小壶里，仔细地端详起来。

说起当下季节的野花野草，当属蓼草、龙胆、波斯菊、芒草和大吴风草，不管哪个都是个性十足，风姿绰绰。

单是把采摘来的野草放到花瓶里，就能得到一番别致的美丽。如果人们非要对其加以修饰的话，反倒会显得十分笨拙。

花道中推崇尊重花草树木原本姿态的"抛入"流派，必须原封不动地表现植物自身的美，倘若以个人的审美或其他流派的修饰，那么就不能称之为"抛入"，而是"抛插"了。

但只要人们将野草采摘下来带回家，即使是以"抛入"之流欣赏它，野草的生命从被摘下起就不再真实了，所以我常常感叹，还是就让它们在野地里自然生长吧！

人世间的烦恼无穷无尽，当我感到难以承受时，经常会借酒消愁，尽管我深知这并不是一个好习惯。酒可以让人逃避问题，但却无法真正从中得到救赎。逃避现实很容易，但要逃避现实一辈子则会步入深渊。所以，诸君们，当你感到被生活压得喘不过气的时候，同我一齐走入山林，阔步野外吧，让我们一齐追寻水的源头，让身心得以逍遥、得以平静。

当我感到无比的焦虑和不安时，一株露草会轻轻地抚慰我。我从不会将象征荣华富贵的所罗门王与质朴无华的野花野草做对比，所罗门王所拥有的奢华和智慧是人类文明的一次里程碑，而野花野草用美丽装点世界亦功不可没，所罗门和野草各有各存在的意义。

拈起一株小草化作丈六佛也不错，但我只需一片草叶则足矣。就让我的愚钝安然地静坐在这片小小的草叶上吧。

死亡之神诱惑着人们靠近，因为人们似乎想要摆脱这生活的假面，脱离这虚情假意的密林，坚定不移地走完人生旅程绝不是一件易事。我在当下，多么地想奔向那芒草之丛，触摸芒草的穗花……

年轻时，我曾追求艳丽无比的红花，也曾找寻特异独行的蓝花。结果，红花转瞬即逝，梦想中的蓝花更是不见踪影，我只能在灰蒙蒙的原野里继续前行。

说来凑巧，今天早晨，我偶然间发现了被深埋在萩草丛里的最后一朵茗荷，人类还是残忍地摘走了这唯

百花谱

一的一朵。它长得既不像叶子,也不像茎,外表清晰秀丽,我甚至惊奇于这株植物拥有着出淤泥而不染的高洁之气和脱俗的芬芳。

再看一眼对面,连绵不断的白花,不正是茶花吗。

萩草枯萎了，波斯菊开了，茶花也开了，野原上的生息，永不停歇。

百花谱

# 五朵玫瑰

# 片山广子[1]

---

1 片山广子：日本诗人、随笔家、爱尔兰文学翻译家，著有《翡翠歌集》《灯火节》等。

这样想来，不论是当花道和茶道的老师，
还是当裁缝、去卖鸡蛋，都是足以让人满足的。
哪怕只是当一个洗衣妇，也何尝不是一种勇敢的选择呢。

想来，过去我是一个拥有很多闲暇时光的人。之所以这样，是因为我没有去做那些"好像必须要做"的事情。

所以像我这样散漫的人一旦忙碌起来，很快就会感到倦怠，这时我就会去散步，以此缓解疲劳的身心。

有一次，我漫步离家不远的马迁之丘[1]，爬上山坡后又折返下来。这里被称为"马迁九十九谷"，丘陵和山谷连绵不断，而且每一座丘陵和山峰都为人们展现出不同的光影和色彩，对散步者来说可谓求之不得。记得那日我走的是后来盖了小学的一座山谷，从山谷一带登上旁边更宽敞的小丘之后，沿着小路走后向左转，走到了一个面朝东南方向的坡道。这一带几乎都是农田，偶尔能看到几座像是别墅一样的小楼，让我在这里停住脚步的原因是那片宽广的斜坡上（原本也是农田所以看不到一棵树）似乎有人开始栽种玫瑰花田了，只见已经种下了几株较大的玫瑰，以及大片的体形偏小的玫瑰，密集地遍布整个坡道。当时刚好是六月初，大株的玫瑰已经开得灿烂无比，甚至可以说有点开过了。

这片新的玫瑰园的主人似乎在一旁打扫，看起来大概四十多岁，个头很高，是一位气质清爽、风度翩翩

---

[1] 马迁之丘：位于东京都内大田区。

的绅士,他身着看起来像是玫瑰园之主的装扮,但这身装扮似乎是刚向别人借来的,还没有完全匹配他的外貌。玫瑰园还没有竖起篱笆,我站在花田之外,目光与主人相遇,便鞠躬问好。我顺便很外行地附和道:"这些花儿可真美呢!"主人听到后似乎有些害羞,对我说:"我刚开始种玫瑰,种得还不是很好。"我从他身旁走过,接着说:"能分几朵给我吗?""当然可以,请问您要几朵呢,要不给您五朵吧,请收下。"

于是主人拿出挂在腰上的剪刀,开始为我剪花,他踌躇地说:"我可以向您收取花钱么?"我突然也感到

很害羞，连忙回答："当然，当然。"我虽然一副玩世不恭的样子，但我从一开始就无意白白领受这么大朵的五枝玫瑰，相反玫瑰园的主人向路人开口讨要花钱对他本人来说似乎是很难以启齿的。他接着说："每朵八文钱。"便继续剪花，我则掏出五十文银递给他，他立刻将手伸进口袋里打算找零钱给我，被我阻止住了，"不用找了"，我说道。"那么就多给您一枝玫瑰吧"，他边说边顺势剪下了两朵还没开的花苞递了过来。最终，这两枝桃粉色的待放的花苞被当作了十文钱的找零，我接过这两枝花的时候，不知是欣喜还是失落，心情忽然有些复杂了起来。

后来我才得知，那位玫瑰园主人原是东海道地区某个县的官员，据说是仅次于知事[1]的官职，过去曾经因为一桩轰动一时的骚动而被迫退位，据说是因为被部下的贪污嫌疑而牵连其中。他为了躲避世人的目光来到这里隐居。这个传言无法证实其真伪，我也只是道听途说而来。当秋天再次来临，我再次漫步玫瑰园旁的山丘之上时，看见一位像是园丁的男子在田里劳作，但似乎不是我曾有过一面之缘的庄园主人。两年之后，听说那位主人的嫌疑得以洗清，他堂堂正正地回归了原先的

---

[1] 知事：日本的行政官员官职，相当于省长一职。

那个世界，马迁的玫瑰庄园也易主了。再过了二十多年之后，听说那人在战争中战死了。

战争结束之后，人们对战争的恐惧也逐渐平息了，但我们依旧像是被困在狭小容器中的蝼蚁，被时局搅得心神不宁。大家似乎都掉到了谷底，虽然也有的人能够坚持不懈地逆流而上，但大多数的人都只能为了生计而奔波劳碌。假如不讨一个生计，就无法生存下去，我也是这其中的一员。我急切地渴望找到一份生计，我心底里存有一丝希望，对我们这些苦苦追寻的人来说，总会打开一条意想不到的出路吧。那位山丘上的主人，也一直停留在我的心间，挥之不去。他剪下数枝玫瑰，斤斤计较每一朵花蕾的得失，就这么一点一滴地积累，一手培育出了一番新的事业。这样想来，不论是当花道和茶道的老师，还是当裁缝、去卖鸡蛋，都是足以让人满足的。哪怕只是当一个洗衣妇，也何尝不是一种勇敢的选择呢。我想要不依赖别人，做出自己的一番事业，要实现之，首先需要舍弃这种无病呻吟的哀叹和抱怨。也许我现在写的这篇文章就是一篇哀叹之文，如果你读起来也这么想的话，那实在抱歉，请原谅我吧。

# 櫻花之

## 薄田泣菫

只有櫻花，將囤積了三個春天的喜悅，盛裝到只有兩三日花期的時間容器之中，炙熱地燃燒著自己的生命，奢侈地品嘗著當下的歡樂。就像熱戀中的人，一心向前，絕不後悔。

春日之花中，属樱花最为亮眼。细雨连绵的春日里，面颊粉红，带着些许忧愁的花蕾，低垂着脑袋，一夜之间忽然全都开花了。在雨后像洒满金粉般的朝日阳光之下，花儿们开朗而明快地笑着，展现着自己的容姿。与其说这是从花蕾到花朵的发展，不如说这是一次了不起的飞跃。人们情绪的变化，比起感动，更多的是惊异。就像是开始演奏的乐曲，没有经历第二乐章，直接跃进了第三乐章，直接开启了表达和高潮的核心部分。在生命复始的欢欣中，得以重新发芽的草木、叽叽喳喳的小鸟、沉默的动物们、流浪的蜗牛、在地底下劳作的鼹鼠，都像被施了魔法一样，心情愉悦地迎接着做着美梦。只有樱花，将囤积了三个春天的喜悦，盛装到只有两三日花期的时间容器之中，炙热地燃烧着自己的生命，奢侈地品尝着当下的欢乐。就像热恋中的人，一心向前，绝不后悔。曾有诗人说，"樱花引人追忆往事"，说这句话的诗人也许因为看见樱花而回忆起了自己的过往，但对樱花本身而言，花儿并无回应，因为樱花本身没有可以追忆的自我。在樱花盛开时如恋爱般充满了激情，所以它们无暇顾及子孙的繁衍，不像梅或者杏那样结出果实。花朵自己便是生命高扬的、燃烧着的，在别的花眼里，樱花肆意挥霍着自己的青春，但樱花本人却毫不在意。

德川之末，大约在弘化年间，名古屋的山本梅逸[1]之弟子，名叫小岛老铁的画家在古寺阎魔堂旁，搭建了一间棚屋作为小庵，过起了比乞丐还要穷困潦倒的生活，但他却拥有着像兰花一般清高的心境，自得其乐。某个冬天里，严寒至极的气候中，一位热心的友人为他送来三袋炭，以帮助他度过寒冷的冬天，小岛老铁见状后非常高兴，说："难得你的好心，点燃它们暖和身子吧"。说罢，他立刻燃起炭火，一次就把三袋炭火都烧掉了，他一边烘烤着自己的屁股，一脸愉悦地继续说着，"可真暖啊，真舒服，很久没有体验富豪般的生活了！"

在雪中送炭的友人心里也许想着这些炭足够小岛熬过整个寒冬季节了，换一般人也会有着同样的见解吧，但不曾想到小岛并没有按照常理来烧炭，而是一口气把所有炭都烧完了。假如他在一贫如洗的生活中能够持续地保持节俭的行事方式，一次只用少量炭火的话，他是可以将这些炭用足六十天的，但这样做的话，他的平凡生活不会有太大改变。也许在他本人看来，与其继续平凡度日，不如好好享受这些得来不易的炭，哪怕剩下的五十九天都要艰难地熬过寒冷，也要在一天里体验

---

[1] 山本梅逸：日本江户时代的画家，代表作为《红白梅图屏风》《文豹图》等，小岛老铁为其弟子。

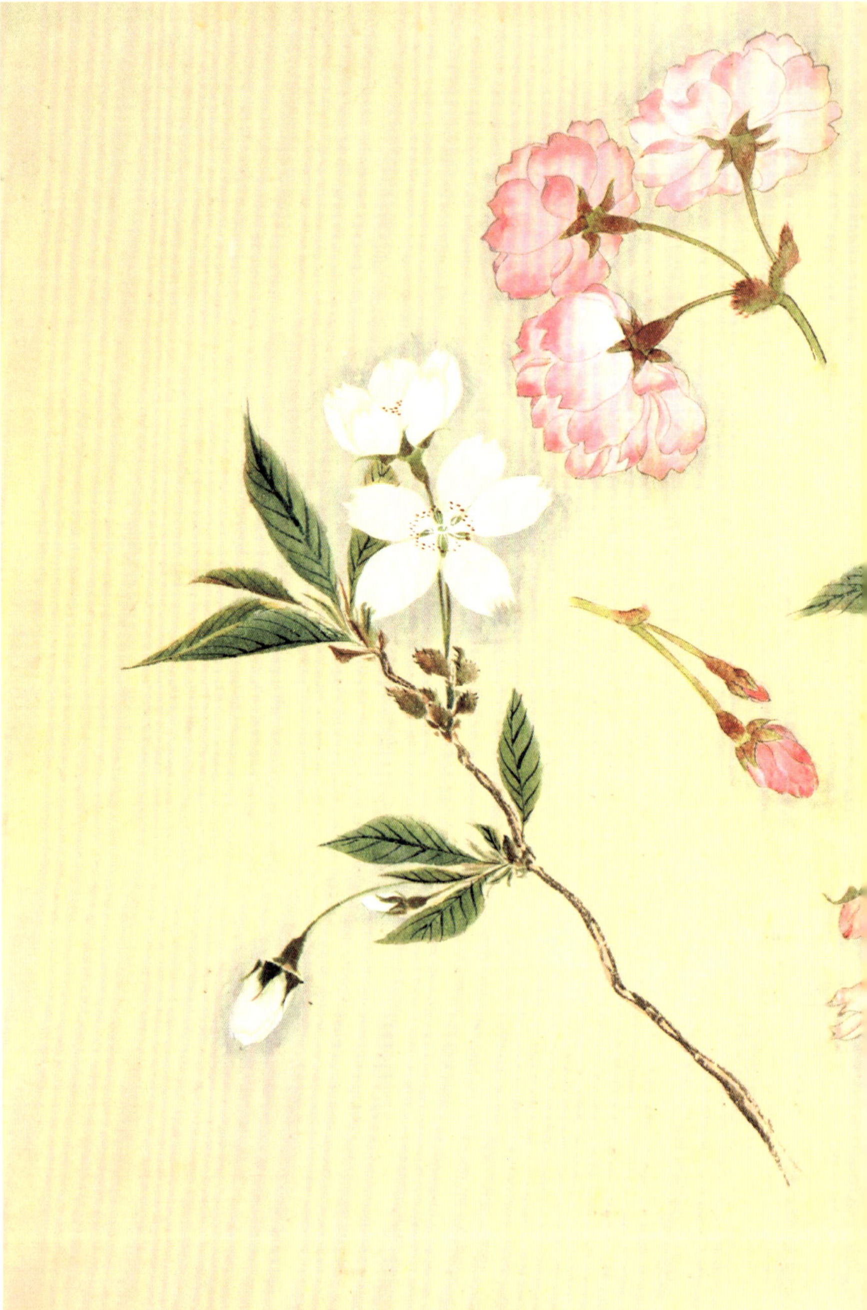

櫻

壬午如月廿有七日真寫

极致的愉悦吧。

他继续烘烤着屁股,舒服极了,"果然是快乐似富豪呢",言语中透露出他清贫生活飞跃之后的喜悦、新体验带来的快感以及发现新世界的心境。

樱花的心情,只有抱着小岛老铁这样的心态生活的人才能真正体会,而老铁的境界,也只有通过樱花的姿态才能向世人展现得淋漓尽致啊。

小ゝか

長谷

くれゝ

百花譜

# 马醉木之花

## 土田杏村[1]

---

[1] 土田杏村：日本哲学家、评论家，著有《思想读本》等。

诗集中采用"繁茂华丽"作为马醉木的枕词，家持也说"马醉木开遍"，
这些都真切地描绘出马醉木满开繁盛之情景，
也许在守部等人看来这些都"更加不符合马醉木之特征"，
但其实这就是真实的马醉木之花的样貌。

虽然现在花已经谢了，但在树木所生出来的花里面，马醉木之花是非常出众的。从梅花开放的早春季节一直到紫藤花凋谢的初夏时节，马醉木之花一直处于开花期。假如将它插于瓶中，则可以维持一月有余，是一种生命力很强的灌木。

在大多数人的眼中，马醉木之花也许有些过于单调和寂寞了，因为它的色彩和光泽都算不上特别漂亮，但这大概是因为这些人们并没有亲眼看到过盛开的马醉木古树吧。生长到一丈高以上的古树，覆盖了整片山坡，这样的景色不论在谁看来都是华丽无比的，有的人甚至难以相信眼前的壮丽风景正是马醉木的花丛。

要看最美的马醉木之花，当属奈良。今年春天，我刚好因为各种事物而造访奈良，一月有余，马醉木之花的盛开之势毫不衰减，观赏它们也成为了我的一大乐趣。从春日大社的鸟居一路远至博物馆一带，可以观赏到马醉木的古树，只可惜这里的马醉木大多都是零星分布的。而从东大寺到三月堂、手向山神社一带的马醉木则长得像乔木一样高大，而且树与树生长得很密集，所以这里的马醉木之花格外好看，美丽非凡，可谓奈良的一大美景。

这一带，即三笠山的马醉木，有着一千年以上的

馬醉木

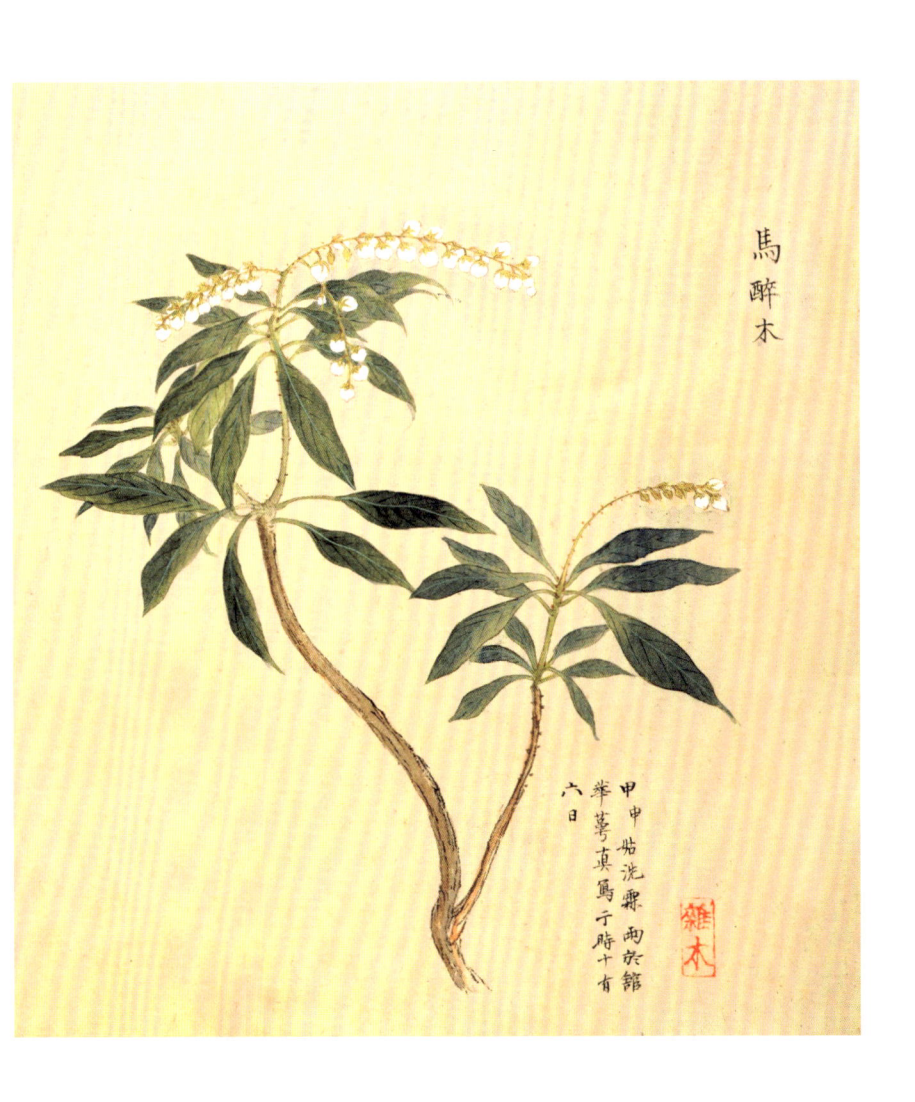

甲申貼洗霙雨窗館
華齊真寫于時十有
六日

百花譜

历史,在《万叶集》中,也有二十多首和歌[1]咏叹马醉木。在这些诗歌中,最著名的当属天平宝字二年二月在式部大辅中臣清麻吕[2]的宅院举行宴会时,大伴家持[3]作为来宾以眼前的山中宅院为题,即兴创作的三首和歌。这三首和歌以艺术的视角,描绘出了马醉木的魅力和意境。

> 君于山斋居,马醉木开遍
> 池影映红颜,芬香插入袖
> 遍赏花开尽,惜花凋落时

但关于这首和歌中描绘的花是否是马醉木之花,自古以来就存在争议,有人怀疑歌中所出现的马醉木并非真正的马醉木,甚至在很早之前契冲[4]也提出了质疑。之所以存在这些疑虑,缘于这场宴会的举办时间为二月份,书中这首和歌之后所记载下一首和歌是根据时间顺序排列的,下一首和歌记录于二月十日,也就是说这首诗歌的创作时间至少是在这之前,但二月初旬还并未到

---

1 和歌:传统日本诗歌。
2 清麻吕:即和气清麻吕,奈良时代末期至平安时代初期的贵族。
3 大伴家持:日本奈良时代政治家及著名歌人,曾参与编撰《万叶集》。
4 契冲:日本江户时代僧人,国学家和诗人。

木瓜花

马醉木之花的开花时间。守部[1]则根据诗中的"红颜"和"芬芳"二词推断出可能是木瓜之花。雅橙[2]则以为，这首诗歌诞生之前的一年于十二月十九日立春，故春天来临相较于往年要更早，所以在日照充足的地方马醉木已经盛开并不足以为奇，所以他赞成马醉木一说。

但当我亲自来到三笠山，亲眼看到山中的马醉木时，所有的疑虑都烟消云散了。在守部和其他和歌诗人的眼中，马醉木之花苍白而无趣，所以他们认为和歌中描绘的不是马醉木，现在想来，这是因为他们并不了解三笠山的马醉木。当亲眼眺望东大寺内池中倒映的马醉木时，"遍赏花开尽"正是真实的感触。家持在和歌中咏叹说"芬香插入袖"，这白皙如珠玉般的花儿们毫不犹豫地从枝头掉落下来，轻快而洒脱，不论是谁看见这样的场景，都会像家持一样想把它们装到自己的袖管中吧！——然而木瓜之花却是无法装入古人的衣袖中的。诗集中采用"繁茂华丽"作为马醉木的枕词[3]，家持也说"马醉木开遍"，这些都真切地描绘出马醉木满开繁盛之情景，也许在守部等人看来这些都"更加不符合马醉木之特征"，但其实这就是真实的马醉木之花的样

---

[1] 守部：即橘守部，江户时代后期日本国学家。
[2] 雅橙：即鹿持雅橙，江户时代后期日本国学家、和歌诗人，其诗收录于《山斋集》。
[3] 枕词：日本和歌的一种修辞手法，以比喻的手法代称实际的事物。

貌。据说古代从河内¹到伊势路²,马醉木之花一路开遍到大和国³。

所以,品鉴文学作品的时候,需要有实际的感触才能对其加以评价,对这一点,我深信不疑。

---

1 河内:日本古代地名,现今大阪一带。
2 伊势路:连接大和国和伊势的古路。
3 大和国:日本古代地名,现奈良附近。

# 朱栾之花

## 杉田久女[1]

---

1 杉田久女：日本俳句诗人，著有《杉田久女俳句集》等。

哥哥对我讲述说，许是因为过于怀念在那里度过的旧时光，
所以他走到院子中，漫步于朱栾和柿子树下，
亲手抚摸着树干，抬头注视它们，久久不愿离去。

我出生于鹿儿岛平之马场的一所宅院中。我的父母在明治十年移居鹿儿岛十七年，他们自行设计并建好了这座宅邸，母亲时常提起，院子里种了诸多果树，例如九年母[1]、朱栾[2]、枇杷和柿子。

在这座能看得到城山的房子，除了长兄，我们兄弟姐妹五人都出生于此。在天真烂漫、无忧无虑的童年记忆里，没有朝夕都能看得到的城山，也没有樱岛喷发的浓烟和西乡隆盛[3]，更没有朱栾花开满庭院的回忆，只有冠木城门[4]依稀留在了记忆里。

据说，曾经在年轻时候就当上官员的父亲，将妻子和尚且年幼的长子留在神户，独自前往鹿儿岛赴任官职。不曾想不久之后就爆发了西南之战[5]，父亲从战火纷飞的鹿儿岛中幸存了下来，一路逃难到樱岛，躲藏在百姓之家的地下室里，靠着人们施舍的芋粥苟延残喘。在父亲隐居于山中的某一天，官家军胜利了，于是父亲也背着县里的文书，勉强登上停泊的军舰，得以生存了

---

[1] 九年母：柑橘科植物，学名"C. reticulata 'Kunenbo'"，原产于中国，经冲绳传入日本。
[2] 朱栾：柚子的别称，学名 Citrus maxima，果实较大，也称为"香栾"。
[3] 西乡隆盛：日本明治维新时期的著名人物，出生于鹿儿岛。
[4] 冠木城门：日本城门的一种，无屋顶，由两根支柱和一根横梁组成。
[5] 西南之战：1877年2月—10月，又称西南战役、西南之役、西南事变。发生在今日本熊本县、宫崎县、大分县及鹿儿岛县等九州地区，以西乡隆盛为首的士族借清君侧之名义发动的起义。

柚

丙申仲呂廿有一日
寫

朱欒

下来。

而我的母亲也在第二年的春天从远方来到鹿儿岛上,当时只看到被战火肆虐之后的漆黑的原野,因为没有一家旅店可以落脚,所以只能在渔民家中借宿,不想双方语言不通,母亲也因此感到惶恐万分。但十七年之后,这片资源丰富如桃源之乡的萨摩半岛[1],养育了我的兄弟姐妹,我们都带有原始的鹿儿岛风情。我是在长姐去世三年之后出生的,这也令我的父母十分安慰,因为他们以旧的藩主久光[2]公的"久"字为我命名,代表祈求长寿的美好愿望。

只可惜我只在这座宅邸住到三四岁而已,大部分关于那里发生的事情都是从母亲那里得知,并且我至今已经有四十来年没有再回去过。我的哥哥月蟾曾经在十多年前回到鹿儿岛平之马场的大宅里,当时大宅已经变成了教堂,房子和门还保留着当年的风貌。哥哥对我讲述说,许是因为过于怀念在那里度过的旧时光,所以他走到院子中,漫步于朱栾和柿子树下,亲手抚摸着树干,抬头注视它们,久久不愿离去。

我的父亲是松本人,而关于母亲的身世说起来则

---

1 萨摩半岛:鹿儿岛的一部分。
2 久光:即岛津久光,日本明治时代的政治家,江户时代后期萨摩藩主岛津重久之父。

有些离奇，据说母亲是从常世之国[1]将香气之木与果实带回日本的田道间守[2]的后裔，母亲出生地为但马国[3]的出石藩。而我则出生于南国，之后一路南下琉球、台湾，成长过程中不断地接受朱栾和蜜柑的熏陶，说起来这与母亲的偏爱也是十分机缘巧合的。

在台北的官舍里，栽种了很多芭蕉、扶桑花和兰花，在这其中我印象最深刻的还是父亲最为钟爱的佛手柑。佛手柑果如其名，像手指形状的果实被盛在篮子里，放在父亲的紫檀桌上，或者是放在一张中式大桌上，与雕工精美的青花瓷花瓶放在一起。

佛手柑是一种香气极盛又雅致的水果。在台湾，每天都有当地人将一种尖状的、名为文旦品种的红心朱栾和普通品种的圆形朱栾、椪柑、甜橙（脐橙）盛在篮子里，在市场里贩卖。每逢椪柑上市的季节，我都会买上一两百个，装在油罐子里，吃个痛快。我不喜欢薯类和甜点，但却非常喜欢水果，只要我走进了橘子园，我就会立即从枝头上将橘子采摘下来，边走边吃。除此之外，我还喜欢啃玉米、削开香气扑鼻的菠萝、剥开平滑

---

[1] 常世之国：日本神话中不老不死的理想之乡。
[2] 田道间守：相传田道为天日枪之后裔，三宅连之祖先，现在则被视为糖果糕点之神。
[3] 但马国：日本古代的令制国之一，属山阴道，又称但州。但马国的领域大约为现在兵库县的北部。

如天鹅绒丝般的朱栾皮，将它们平铺开来，畅快地享受果肉。有时我甚至会在房檐下挂上八九串香蕉，尽情享受美味。如今我回忆起这些香气浓郁、汁水丰厚的热带水果时，都会垂涎不已，也会感慨当年的自己居然吃了那么大分量的水果。

过年的时候，我不吃煮年糕和主食，只吃橘子，导致看起来人的脸色都跟橘子皮一样发黄了。而至于朱栾和佛手柑，每次回忆起来，我脑海中都会联想起和服店里的那些腰带、家里用的棉被以及裙子上经常使用的中式绸缎的大红色、蓝色和淡粉色，颜色搭配鲜艳而和谐。我还会联想到台湾庆典活动中在乌龙茶中添加的晒干的花瓣，以及那些小巧的绣花布鞋们。

当我还是少女的时候，母亲总是将我的头发扎成像牛若丸[1]一样的发型，身披友禅染[2]的外衣，潜心于《因幡之白兔》和《松山镜》等神话故事，盘中的橘子怎么都吃不腻……就这样，我与南国似乎有着不解的缘分，我嫁到小仓已经二十五年有余，我在这里住得很是舒服，每年都保持着赏柑橘之花的习惯。

从安静的宅邸之围墙上，或者从富野附近那间大

---

1　牛若丸：即源义经，牛若丸为其乳名，他是日本平安时代知名的武士将领。
2　友禅染：一种施加在布料上的染色技法，是日本最具代表性的染色技法之一，颜色鲜艳，色彩饱和度高。

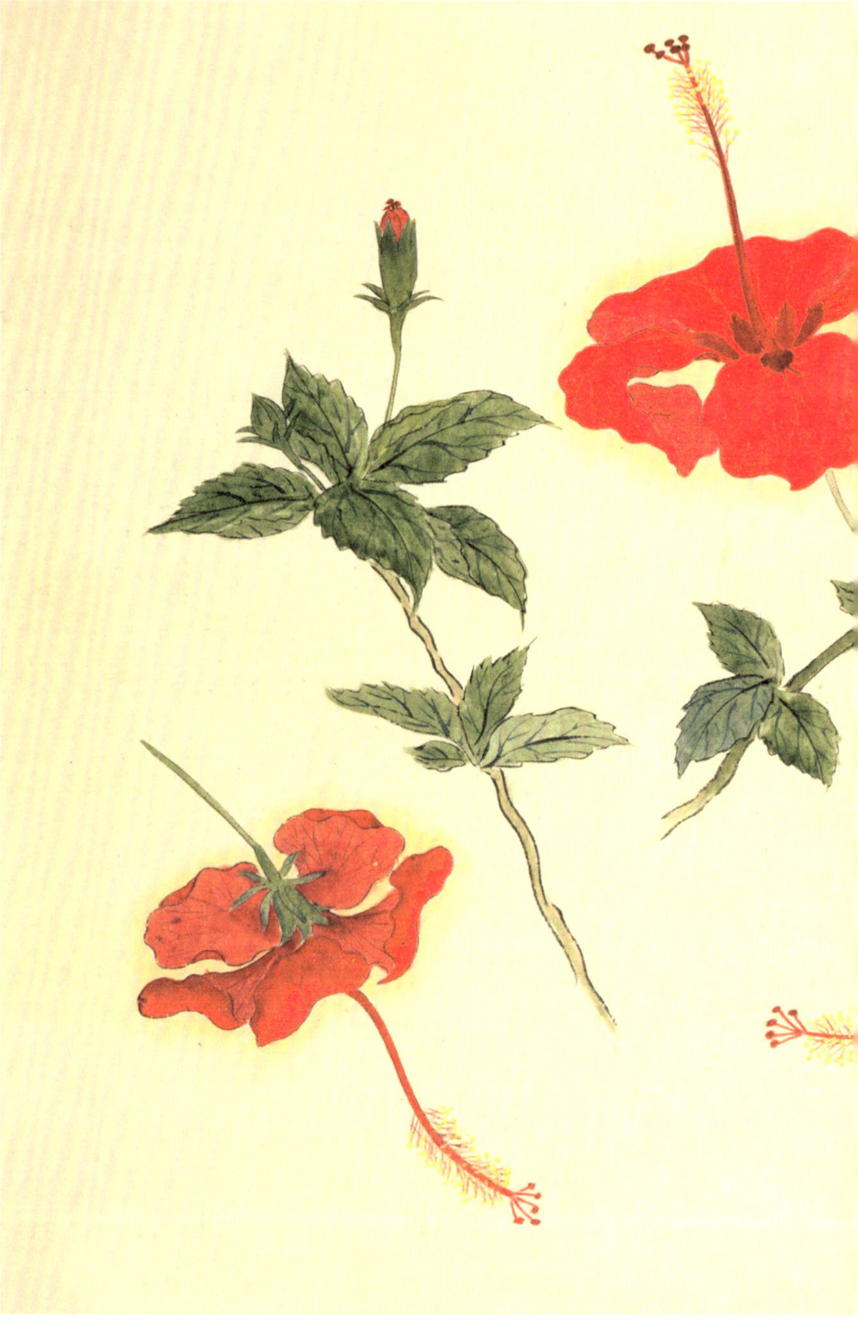

扶桑

壬午林鐘初五日寫

芭蕉

芭蕉其花發其一

乙未四月廿日庭園
眞寫

橘

茅草屋的门口，白色的柑橘花传来阵阵芬芳，之后看到白色的花瓣散落一地，非常有意境。朱栾开出的花朵比夏橙和普通柚子的花要大很多，但花朵的数量较少，而夏蜜柑[1]的花则花朵众多，盛开得十分密集。我以前在堺町的居所房檐之下也有一棵夏橙树，每逢开花时节，落花都溢满到墙外，于是每天早晨打扫花瓣也成了我的一大乐趣，我甚至还会为其咏上两三句诗。

据我的见闻来说，福冈公会堂庭院中的那棵巨大的朱栾树当属日本第一了吧。人们从四方为其做了支架支撑着它庞大而年迈的身子，每到结果时节，几百个朱栾就会低低地垂在枝头下面。

前几年大阪召开关西俳句大会，次日，我渡过飞鸟川前往橘寺的时候，在途中的时钟楼发现了几串挂在房檐下的橘子。人们就这样在橘子的身影之下来回走动，或者有的人还会把不是这个季节的香果的枝条拿来做装饰，这些光景都令我感到十分亲切。现在我在南国小仓，眼前满是绿油油的树叶，底下已经结出了饱满的青橙。每逢人们捕获河豚或者黑鲷的时候，都会到庭院里摘下几个代代橙[2]，当作柑橘果醋，浇在煮豆腐上，

---

[1] 夏蜜柑：日本原产的芸香科柑橘属植物，因为在初夏收获而得名。
[2] 代代橙：原产于南亚的一种芸香科柑橘属果树，在日本常将其作为新年的装饰使用。

享受这天然的美味。

就在四五日前,我伫立在门司码头街的水果铺子面前,看到店家将富有柿[1]、苹果、香蕉和台湾香檬[2]陈列在一起,不禁让我想起鹿儿岛上的故居,那里的朱栾大概也已经结满枝头了吧。

---

1 富有柿:学名 Diospyros kaki 'Fuyu',日本国内产量最高的柿子品种之一。
2 台湾香檬:柑橘的一个品种,富含柠檬香气和口感而得名,相比柠檬糖分更高。

# 花之二三事

牧水 若山

尽管金缕梅的树根已经被冰雪封住，
但花朵依旧细致地开在了纵横交错的枝头。
对北国大地上长期被冰天雪地所包裹住的居民来说，
这些平凡而高洁的花朵无疑安抚了大家的心灵。

大多人赞誉梅花之芳香，但我则更钟爱瑞香花[1]。梅花最美的景致当属只有一两朵花在看起来像枯树枝头上初绽的时候，而当梅花全面盛开直到开始褪色的那段时间里，则令人兴致索然。但梅花的香气也是只有在这个时候才开始散发出来。假如摘下一朵靠近鼻子去闻其香的话，难免有些过于俗套。相反地，瑞香花的芬芳则完全属于春天，它们到底在多少地方绽放并不得知，但当它们在庭院的阴翳之下，或者是向阳的小路边开放时，香气不知不觉中随风飘来，令人陶醉。虽然瑞香花的香气有些浓郁，但总是带有一丝清冷的气息，令人感觉舒适而清新。

---

[1] 瑞香花：日语称为"沈丁花"。

比起充足的日照，瑞香花更喜阴翳之地，阳光洒满的广场上盛开的应当是油菜花。在飘满油菜花香气的地方，一定会有金黄色的蝴蝶飞舞，想必附近的某处，定会有青翠的麦田。而且在麦田上空，一定会飘扬着云雀优美的歌声。

枝头上的那一两朵梅花，虽然平凡无奇，依旧昭示着春天即将到来。除了小巧而低调的梅花，在北国大地，还有日本金缕梅[1]也在向人们传达着春意。这是一

---

[1] 金缕梅：学名 Hamamelis japonica，花瓣细如丝，颜色金黄，早春时节开放。

种特别的花，大小如栗子一般，金黄色的花朵与梅花一样，爬在细长而干枯的树干上。尽管金缕梅的树根已经被冰雪封住，但花朵依旧细致地开在了纵横交错的枝头。对北国大地上长期被冰天雪地所包裹住的居民来说，这些平凡而高洁的花朵无疑安抚了大家的心灵。我记得在东京植物园甘薯先生[1]之碑旁边也有一棵金缕梅花树。

在北国还有一种被称为"田打樱"的辛夷花也长得漂亮极了，它的花朵是白色的，比起紫玉兰花要小巧很多，也不会散发出紫玉兰的气味。辛夷花之树的枝条也不如紫玉兰粗壮，而是像日本金缕梅的枝干一样细细长长，柔韧度高，耐得住积雪的压力。辛夷花一般在没有叶子的枝条顶端绽放，当花开得极多的时候，总会把枝条压得很低。辛夷不像金缕梅那样寂寥，而是向人们展现出一片明媚。当冬雪消融，久违的大地再次显露出来的时候，辛夷花绽放了，所以它得到了"田打樱"的称呼。辛夷花总是向人们传递着真诚的心意，我记得在东京小石川植物园的温室对面的樟树的阴影之下，夹杂在连排的桑树中间，也有一棵辛夷花之树。

---

[1] 甘薯先生：本名青木昆阳，日本江户时代中期的儒学学者、农学家、兰学家。由于他将番薯引入日本，因此有"甘薯先生"的称号。

再说到枝条低垂的植物中，我最钟爱枝垂樱[1]。在骏河湾的深处，从静浦到江之浦的海岸线上，有一处叫三津的渔村，在那里临海的高处，有一座不知为何名的古寺。在寺庙的门前，有两棵相对而立、体型庞大的枝垂樱。自从五六年前我发现了它们之后，我每年都会前往观赏。去年的时候，两三抱大的树干周围边垂下的细枝上盛开出繁茂而清香的淡红色花朵，到了今年花却变得特别稀少，令人感觉有些寂寞。我对古寺里的僧侣抱怨起来，不曾想他苦笑着说，今年不知为何从背后的大山深处飞来的红腹灰雀[2]特别多，几乎所有的花蕾都被鸟儿们吃掉了。

"不曾想灰雀竟然以花蕾为食"，我说道，

"对啊，鸟儿们似乎特别喜欢枝垂樱的花蕾啊"，僧人如斯答。

---

1 枝垂樱：学名 Cerasus itosakura f. itosakura，是樱花的一种变种，因往地面垂下的细枝而得名。
2 红腹灰雀：学名 Pyrrhula pyrrhula Linnaeus，雀科灰雀属鸟类。

# 石榴花

## 三好达治[1]

[1] 三好达治：日本诗人、翻译家、文艺评论家，著有《南窗集》《闲花集》《山果集》等。

这不过是转瞬即逝的一个瞬间罢了，
但我的心彻底地被初夏里的朱红色花朵唤醒了，
忽然间我甚至感到一阵惊讶，一阵略带悔意的惊讶之情，
朱红色的石榴花仿佛在对我说："你不应该这样虚度光阴啊"。

苍穹无垠，原野青翠。每当与娇艳的红石榴花相见，我的内心都会涌上一股无可名状的感动。尤其当岁月蹉跎，年华老去，这一抹深红色的花也愈发令我怜爱，这究竟是为何呢。深红色的花儿们仿佛燃烧的火焰，其中石榴花的朱红色别有一番情趣。路边的石榴树上喷薄而出的红花，总是让人们为之眼前一亮。红色里跳跃着生命的喜悦，像炙热而强烈的太阳一般直射我的内心，一扫忧郁——这样的色彩不仅在视觉上惊艳，更能走入人们的心灵。石榴花的朱红色虽然简单但十分强烈，同时又优雅而高贵。红得之亮眼，就像新鲜的染料一般，在翠绿的叶子的衬托之下，耀眼之极。红色的花朵们仿佛发出了声响，牢牢地抓住了观赏者们的注意力，让人久久难以忘怀。

每年到了石榴花盛开的时节，总是能引起我对生命的感动，我站在树下，看着它们，回想起来，去年的此

安石榴

时，我也曾面对石榴花发出同样的感叹，这种时空错落的场景，让我回味起这一年以来的种种过往，记忆似乎变得鲜活了起来。这真是一种难以言喻的岁月情怀。

"又到了石榴花开的季节，我最钟爱的花儿今年也平安无事地绽放了，去年似乎是在桥头初遇它的盛放，真是令人感怀往事。去年的我似乎也是因为同样的理由度过这座桥。这一年里，战火纷飞，年轻人被迫走上了战场，他们从遥远的地方给我来信，告诉我他们的安危，每次我都怀着紧张的心情阅读。我自己

身体暂且还算健康，家人们亦平平安安，我们在这个混乱的世界中偷得了平静的一年。一年过去，只有石榴花依旧准时到来，海浪声声，每日击打着日本岛，大浪的远方似乎能看到初夏的伊豆岛，薄雾里浮浮沉沉，若隐若现。"

只可惜我现在行路匆匆，再无暇考虑这些事情。我的思绪仿佛被什么东西催促着，脚下的步伐便也越来越急，这是一股强烈的情感，总是催促着我的心不停地朝着某个方向前行。在这股力量之下，原本略显迟钝、心情沉重的我，也总算被推得向前行动了起来。恰在此时，大自然借用一抹鲜明且强烈的色彩，一闪而过的光芒迅速地钻进了我心灵的缝隙中。这不过是转瞬即逝的一个瞬间罢了，但我的心彻底地被初夏里的朱红色花朵唤醒了，忽然间我甚至感到一阵惊讶，一阵略带悔意的惊讶之情，朱红色的石榴花仿佛在对我说："你不应该这样虚度光阴啊。"所以每当初夏时节，石榴花就如此催促着我的内心，使我振作精神。但其实并不只是石榴花，大自然中一切细致的美景，例如山间明月、或是掉落在林间小路上的鸟的羽毛，再如蓝天下随风起舞的蒲公英种子……这些微妙而细腻的景色，都会像盛开的大朵向日葵、色彩浓烈的石榴花一样，鼓励着我的内心，朝着前方行进。

我一边写着，一边回忆起了十多年前的经历，尽管岁月侵蚀，这段记忆依旧鲜明。记得有一年的晚春时分，我与朋友一同在奈良的林中漫步，偶然间，我拾得了一片绣眼鸟的羽毛，羽毛的根部为白色，往上走逐渐呈现出淡绿色，到了尖端则加深为了美丽的深绿色。那一整天，我都被这片羽毛迷住了，大自然的染色和配色之精美，巧夺天工。

继续追寻回忆，还有一年我在信州的山里休养身体时，一天在路旁偶遇当地山人，我从他手中得到了一只被捕兽夹所捕获的野兔。秋色已深，落叶纷纷，但还没有开始下雪，可是野兔褐色的皮毛上虽然没有一片雪花，却长出了天然的白毛，仔细一看，这白毛竟是长在了褐色皮毛的尖上，遍布全身，看上去优雅极了。野兔身上这等美丽的毛发亦让我感叹大自然的造物之美。

就这样，大自然总会通过很多微妙的细节和美好，试图唤醒人类愚钝和沉默的心灵。而当我有幸目睹到这些细腻的美景、接触到这些灵动的生机时，我总会感慨，大自然一直都在温柔地陪伴着我们啊！

从路旁的石榴花引发的思绪，喋喋不休，显得自己过于话痨了。当下这个兵荒马乱的时代，我经常会为自己这种清闲的杂谈而感到内疚和自责。然而，翻看年轻人从遥远的地方寄来的信件中，他们似乎也喜欢清闲地与我诉说个人的情感和生活，这看起来与沙场上的战士莫名地相配，透露出东瀛独有的感性，这样的细节让我感到了些许的亲切和安慰。所以在此我也希望读者们能多多包涵我这般喋喋不休的感悟呢。

# 马铃薯之花

## 龟井胜一郎[1]

---

[1] 龟井胜一郎：日本文艺评论家，著有《大和古寺风物志》《我的精神遍历》《中国纪行》等。

只有在修道院的红砖墙边上、牧场的稻草堆旁、高耸的白杨树林里、似流水的白云底下看见马铃薯花的时候，才能够真正为它的美所感动。

说起北海道的花，人们最先想到的应该是铃兰花吧。记得我的小学和中学时代，汤之川的特拉比斯特女子修道院[1]正前方远处的山丘上尽是铃兰花田。人们可以自由地进出，随意采摘，现在不知道此地是否还存在、近况如何，很有可能花田已经消失了吧。

但比起铃兰，我更爱马铃薯之花。朝着汤之川向东边走二十来条小街，就能走到特拉比斯特女子修道院。这附近布满了马铃薯田和玉米田。北海道盛产马铃薯，但却很少有人注意到它的花朵，多大数人都只见过马铃薯本身。每年六月一到，马铃薯花就会开始开放，有白色和紫色两种，一眼望去很不显眼。偏厚的花瓣微微向外张开，小小的、娇羞的花朵就这样静静地开放了。比马铃薯花还要平凡无华的花很难找到了吧！但当你仔细端详它的时候，你会注意到它的轮廓十分清晰，外形看起来很像寻常百姓家姑娘的耳垂。

在前往修道院途中的道路两旁，马铃薯田里花开的时候，我常常到那附近散步，以便欣赏马铃薯花。马铃薯花的美丽程度，似乎取决于周遭的环境，在东京郊外看到马铃薯花的时候，也许人们并不会感到惊艳。只有在修道院的红砖墙边上、牧场的稻草堆旁、高耸的白

---

[1] 特拉比斯特女子修道院：音译，也称为"天使园"，是日本第一座女子修行之寺院。

杨树林里、似流水的白云底下看见马铃薯花的时候，才能够真正为它的美所感动。

在函馆的郊外，驹岳山脚下，有一处大沼公园。然而我个人更钟情驹岳山的背面，也就是面朝太平洋的那一片山。从札幌坐火车到函馆的途中会经过那里，那荒凉而又寂寥的风貌，甚至都不能被称之为风景，其粗犷而壮丽的姿态令人叹为观止。

驹岳山是一座活火山，由于其时不时地喷发，导致山顶和整个山麓上的草木都极为稀疏。从面朝大沼公园这一侧看过去并不会察觉到树木的稀少，但当人们沿着太平洋一侧经过山脚的时候，就会看到一大片红色的熔岩石和砂岩组成的断崖，十分壮观。这样的景致实在是奇特，尤其是光秃秃的山顶红红的，让人感觉到特别阴森和诡异。山麓缓缓地伸长着，颇有喷发过后伤痕累累的感觉。

从山脚一直到太平洋沿岸的边缘，生长着一些树木，大多都是埋在沙土里的灌木类植物，似乎这一带是类似沙漠的生态。即便如此，人们还是尽力开发这里的土地，种植马铃薯和玉米，现在乘坐火车时还能看见它们的踪影，偶尔甚至还能看见路边的几户人家。开往函馆方向的火车，坐在靠右边的座位，就能看到驹岳山那陡峭的红色断崖；靠左边的车窗则能看见无穷无尽的太

馬鈴薯

康寅五月十有九日上總品
某送棟自園生苗真嘉

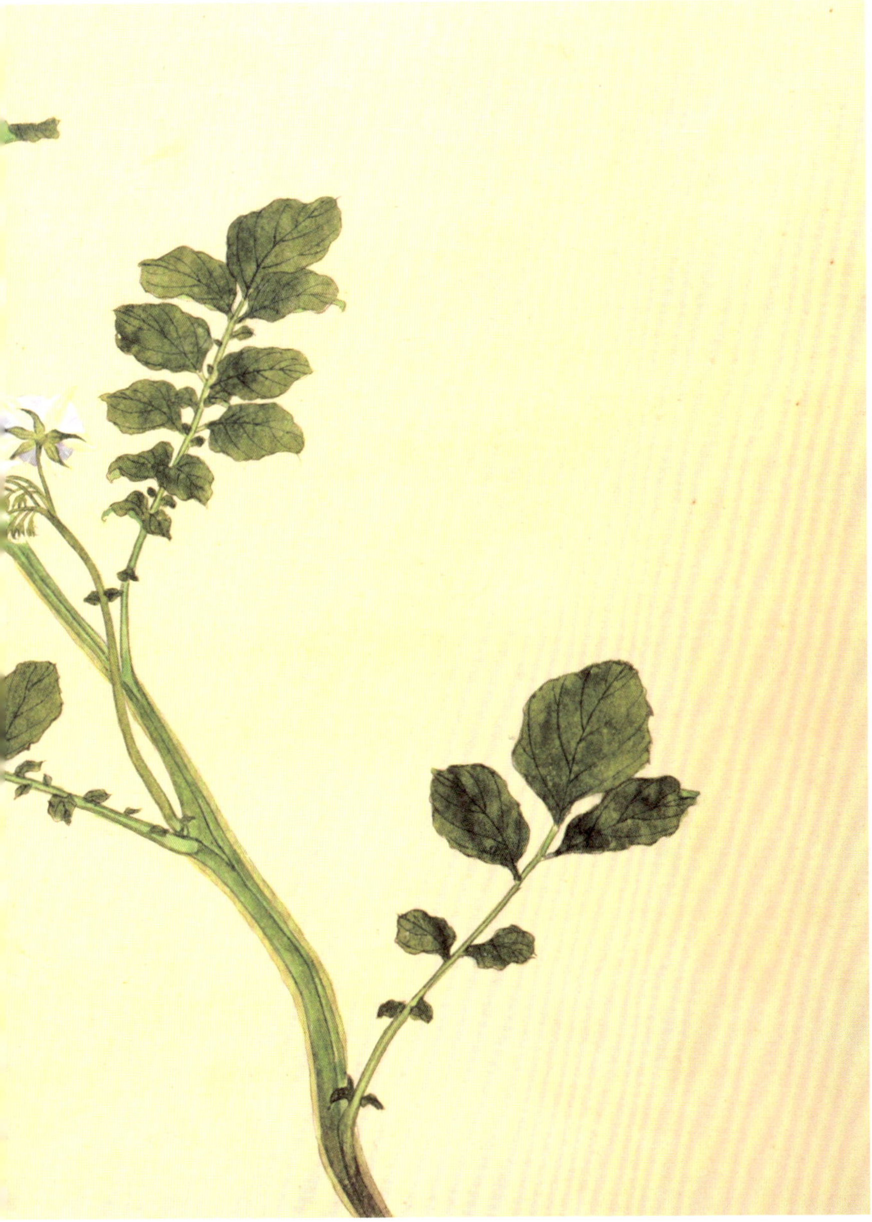

平洋拍打着浪涛咆哮着。

我忍不住开始想象，假如住在此地的话会是怎么样的心情呢？寂寞难耐的日子该如何熬过？乘上火车很快便能到函馆市，而特意选择在此寂寥之地度过寒冬，深夜里仰望天空毫无星光的生活该有多么地严峻啊！对真正住在本地的人来说，可能从未细想过这些问题，但对擦肩而过的路人们，还是会因睹此地的荒芜而触目惊心。但不知为何，我却被这片土地所深深地吸引着。

相对美景而言，那些玷污当下的美景象的行为，可以用丑陋一词来形容。随着观光胜地的兴起，美景也因游客们的纷杳而至疲惫不堪，美丽的容貌逐渐褪色。然而如驹岳山脉太平洋侧的景致，应该如何定义它呢？它虽然天生并不娇媚，但它也因此幸免于世间人的毁坏和玷污。

换句话说，这种景象太过壮丽而荒凉，虽然令人震撼，但却不能被称之为"美景"。对人类来说，它的粗犷和原始并不能受到大家的喜爱。原始也许是用来描述它最恰当的词汇了，原始指的是一个地方初始的面貌，也是美景成形之前的面貌，是在人类涉足之前就已经存在的风貌。数遍整个日本，这样的景象也许是独一无二的存在了吧。

彼年，当我搭乘火车路过这里的时候，小小的车站旁边的田地里，忽然发现了马铃薯之花，顿时欣喜无比。面对高耸入云的驹岳山峰粗犷而原始的景象，马铃薯花仿佛张开了自己的小嘴，吟唱出清丽的歌曲。

# 植物每日一作

## 牧野富太郎[1]

[1] 牧野富太郎：日本植物学家，被誉为"日本植物学之父"，著有《植物记》《植物一日一题》等。

人世间之大，细想生活中的各行各业里人与人、人与物的关系，不也正是彼此需要，或是有求必有应吗。

# 秋海棠

虽然很多人说秋海棠是日本的原生植物，但实际上秋海棠绝不是原生自日本。人们之所以以为它来自日本，大概是因为那些被人们用来栽培的植株的种子飘散到了野外，呈现出野生植物的姿态，从而误导了那些不仔细调查的人们。况且，这种人们口中的日本原生植物大抵见于寺庙的境内或四周，譬如纪州的那智山和房州的清澄山，在野州的寺庙附近的斜坡和崖边，也能看见这样的秋海棠。

秋海棠本具有成群繁殖的特征，其繁殖的方式是通过它身上长的小肉芽们，这些肉芽很难随风飞走，所以扩散的范围极其受限。另外开花后结出的果实也会向外散发出无数轻盈的种子，但这样的种子只能萌发出新苗，我还没见过它们能成长为幼苗。

秋海棠一名源自中国，即汉名。日本人借用中国的说法，直接用秋海棠为其命名。据元禄十一年（1698年）出版的贝原益轩著《花谱》记载，"秋海棠，于正保时期从中国传入长崎"；宝永六年（1709年）出版的同一作者著《大和本草》中，则写道："宽永年间首次从中华传入长崎，之前本邦没有此花，缘于花的颜色类似海棠，故得其名。"同一作者的著作，开始说是正

秋海棠

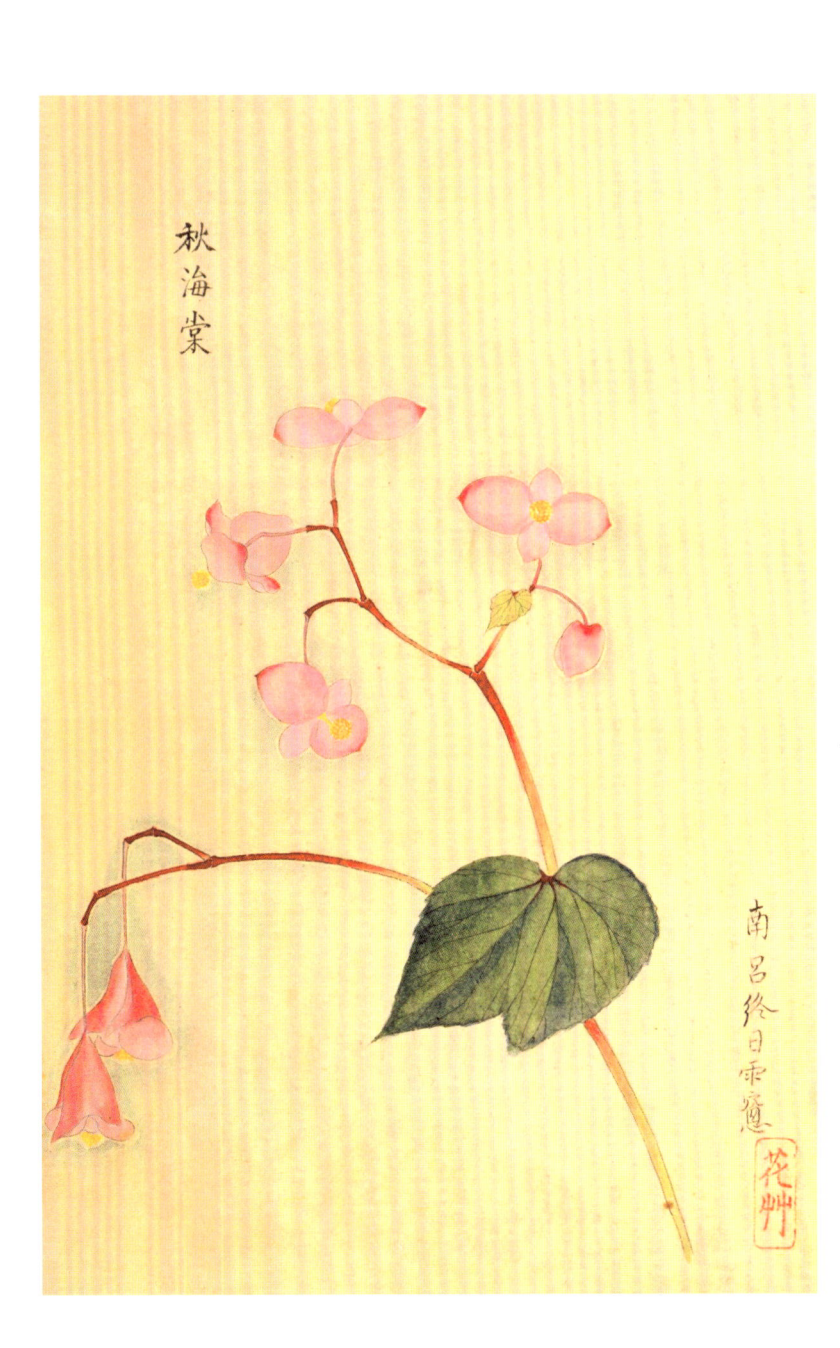

南呂終日雲意
花艸

保时期传入日本,后者又称是宽永时期,究竟哪个才是准确的呢。无论如何,从以上的文献可以得出结论——秋海棠的确不是日本的原生植物,所以日本最初并没有本土的品种。

秋海棠的花朵,总给人一种复古的感觉。正因为如此,陈子也在《秘传花镜》[1]中称赞秋海棠,"集秋色之大美,花朵娇艳欲滴,好似美人妆"。还书道,"传说中,昔有女子思慕男子而不得,泪洒泥土之上,最终生出此花。故此花面容姣好似女子,故也被称为断肠花",类似的内容在《汝南圃史》[2]中也有记载。

## 蕙兰与兰

中国的古书中经常提到"蕙兰"一称,这种话是人们常说的"一茎九华兰[3]"。陈子著《秘传花镜》中记载,"蕙兰,又名九节兰,一茎开出八九朵花"。此花从中国传入日本后,得到了爱兰之士的喜爱,开始在

---

1 《秘传花镜》:出版于清康熙四十六年(1688年),著者陈子,内容以动植物鉴赏为主。
2 《汝南圃史》:明代周文华所著植物书。
3 一茎九华兰:学名Cymbidium scabroserrulatum Makino,原产于中国,属于东洋兰下的品种。

日本栽培。中国的画家们经常在画作中描绘它，由此可见此花在中国分布广泛，随处可见。

"蕙兰"二字的含义究竟是什么呢。想必"蕙"字代表的是其芬芳的清香，据说"蕙"原本是一种香草，在字典中亦如是说，但实际上并没有这种香草存在，想必是为字典加注释的人也并不知情吧。那么究竟什么是蕙草呢？蕙草，属唇形科新称"神目寻（Ocimum sanctum L.）"，这种草自古以来就在中国被人们栽培，彼时尚未传入日本。原产地其实是热带地区，曾在印度、马来西亚、澳大利亚、太平洋群岛、西亚和阿拉伯等地区的书籍中都有记载。

蕙草即日本所说的"薰草"，别名"零陵香"，李时珍曾在《本草纲目》芳草类的薰草条目中写道："古时烧香草以降神，故称为薰或蕙。"松村任三博士的《改订植物名汇》全编汉名之章节中将薰草归为Ocimum Bacilicum L.，即目寻，但这是错误的，应该如前述称为神目寻。

薰草据说有明目止泪之功效，因此得名目寻。当眼睛里进了灰尘等异物时，将其果实放入眼中，果实会迅速释放粘质物包裹眼中的灰尘，带来清洁眼睛的功效，正如其名，用扫帚扫清眼内的不洁。

零陵香

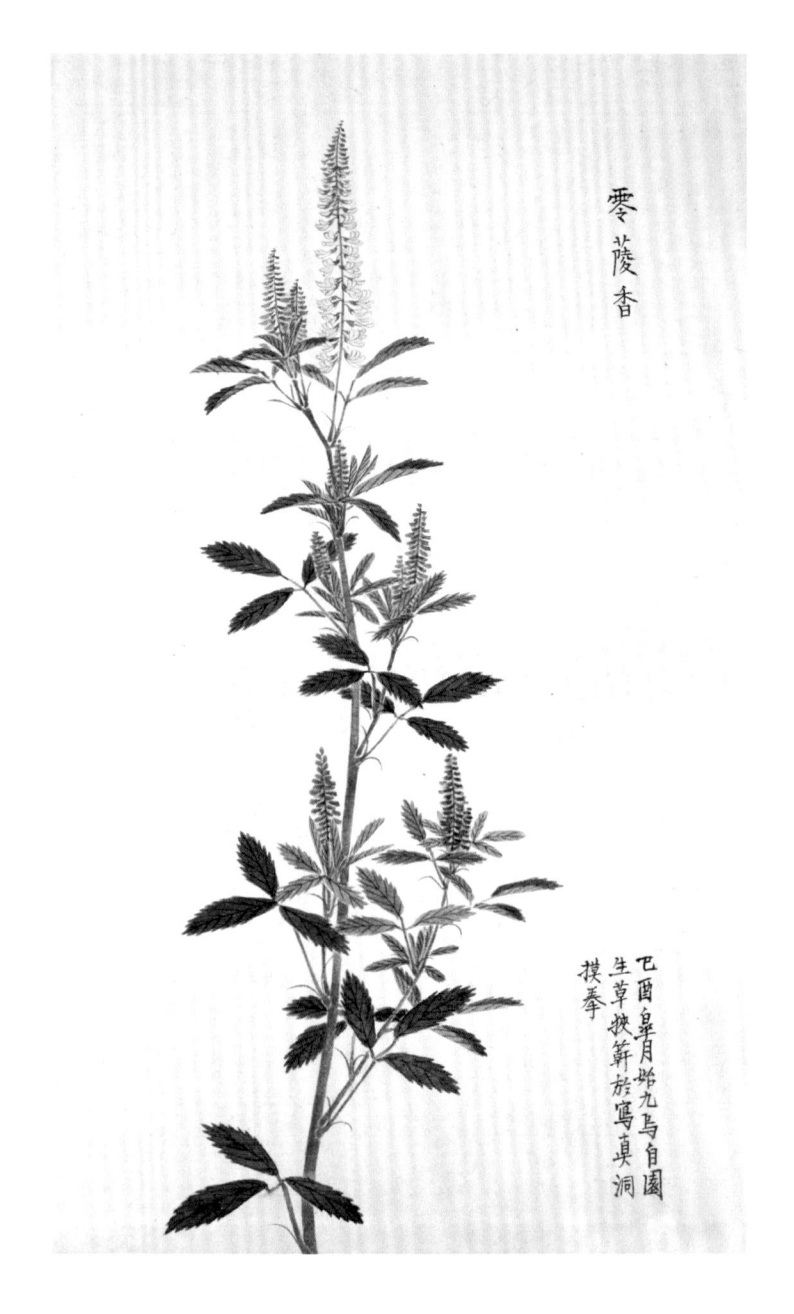

乙酉皐月廿九日寫眞洞
生草挾箏旋
撲峯

# 三波丁子

三波丁子[1]这个名称说起来有些奇怪，宝永六年（1709年）出版贝原益轩著《大和本草》第七卷中，作为外来种提到了这种植物，并写道："三月种下，发芽后可以鱼汁浇灌。此品种近年从国外引进，花似山吹，有单瓣和重瓣，九月开出黄花，冬日里依旧盛放"。"三波"这个词的来源我无法理解，但"丁子"可能来源于其花苞的形状吧。

另外，小野兰山著《大和本草批正》中也提到，"三波丁子，一年生植物，虽为蛮产，但分布极广，亦称千寿菊。秋天能长到五六尺，叶子互相交织生长，似红黄草，花朵亦与红黄草类似。花大小约一寸半，颜色红或黄，花朵呈单瓣或重瓣，花瓣细长，蒂如叶柄，亦如蓟，大约九月开放，《秘传花镜》中称为万寿菊"。

关于这里提到的外来品种红黄草，在《大和本草》中也提到，"六七月开黄花，民间有人称三波丁子是其下属的重瓣花，花色有红和黄两种"。而《大和本草批正》中记录其为："红黄草，有人误称其为红红草，叶片较小，茎弱如藤，不能直立，花分五瓣，质感厚实，

---

[1] 三波丁子：日本当地说法，国内称"万寿菊"。

里黄外红，故称为红黄草。红黄草有两种名称的说法是错误的，但《秘传花镜》中称其为藤菊与棚菊"。

上文中《大和本草批正》中提到的万寿菊来自《秘传花镜》，于是我查阅《秘传花镜》中的原文如是描述道："万寿菊，不从根中发芽，春天播种，花为金黄色，开花持续时间长，喜肥沃之土。"但关于所谓的藤菊，我却未在《秘传花镜》中找到相关的记述。

那么话说回来，三波丁子究竟是什么植物呢？根据上文中提到的《大和本草批正》，它是千寿菊（Tagetes erecta L.），菊科一年生植物，也称为天林花。它原产于墨西哥，早年传入日本，现在仍然可以在国内各地的花园和普通人家的庭院中看到，其叶、花和茎都有一种令人厌恶的气味。经过园艺改良的品种，其头状花大且重瓣，多为黄色或橙色，非常美丽，俗称非洲万寿菊。

安永五年（1776年）出版的松平君山著《本草正讹》中写道："万寿菊，民间所称其单叶品种为天林花，重叶的为满州菊，实则均为误传。"

# 无忧花

有花名无忧，此花在佛教徒中广为周知，但对其他人来说听起来似乎很是陌生。直到九条武子所著《无忧华》，才让很多人记住了它。

无忧化，亦称为无忧华、无忧华树或无忧树，为著名的印度花木品种，在马六甲和马来群岛等地区也很常见。无忧花属豆科常绿树，学名为 Saraca indica L.，别名为 Jonesia Asoka Roxb.；俗称为 Asoca Tree 或 Sorrow-less Tree（即无忧树）。

《渊鉴类函》引用了《汇苑详注》的记载："无忧树，女子触之花始开。"《翻译名义集》说："阿输迦（Asoca）或阿输柯，译为无忧华树。因果经中说，二月八日，夫人毗蓝尼园中见到一棵大树，即为无忧华树，夫人举起右手摘之果实，之后便从右腋下生子。"故之所以称为无忧树，是因为释迦牟尼在毗蓝尼园的这棵树下诞生时，母子都没有忧愁，便有了无忧树之名。

上文中说的阿输迦，即无忧花，被印度教徒在九月二十七日拜佛时奉为神圣之树。这种树开出的花儿在四月和五月尤其漂亮，香气四溢，寺庙常把它们供奉佛前，以作装饰之用。此花也是爱情的象征，所以人们会将它献给爱神卡玛（Kama 的音译）。

梵歌中说，此树木生性敏感，当美丽的女子的肌肤接触到它的时候，会立即开出靓丽的花朵，花朵呈现出羞涩含蓄的红色，这与上述提到的"无忧树，女子触之花始开"吻合。

此树木也有一定的药用价值，树皮中单宁酸含量较高，所以也被作为医药的成分广泛运用，听闻当地的医生多采用它来治疗女子月经之病扰。另外，将花朵用水捣碎之后，还可以用于治疗出血性痢疾。

无忧树隶属于小乔木，树干很直，生枝多，树叶一年四季常绿，枝叶繁茂成荫，形成了一道美丽的风景。树叶上生出短小的柄，互相生于枝干之上，枝干为偶数羽毛状多叶，约长一尺，两边分布三四对树叶。树叶为全包披针形，叶片质地很硬，表面有光泽，摸起来手感甚滑。新长出来的嫩叶质地柔软，因为缺乏叶绿色所以颜色偏红，向下垂着，十分好看。与 Amherstia nobilis Wall.（豆科，装饰花）或 Mesua ferrea L.（藤黄科，铁刀木），Mangifera indica L.（漆树科，芒果），Polyalthia（番荔枝科）等树木的嫩叶类似。无忧树的花期一般在一到五月，香气清新宜人，花朵盛开的时候，花的形状为球形的伞房花序[1]，朝着树的两侧开放，枝头的花朵尤为密集。起初为橙黄色，逐渐转变为红色，一簇花看上去红黄交织，映衬在暗褐色的枝条和深绿色的叶子上，相映成趣。这样的景色可以与山丹

---

[1] 伞房花序：花序为多朵花按照一定次序排列所形成的外形，伞房花序为其中一种。

花（Ixora）相比拟，花满开的季节，其姿态之美，无出其右者。

无忧花中有小梗，在梗的顶端与花朵接触之处有两片叶状的苞片，呈心形。无忧花无花冠，取而代之萼片呈花冠状，下方的肉质形成一个筒的样子，喉部有环状的蜜槽花盘，雄蕊和雌蕊从中生长出来。其肱部呈漏斗状，四面深裂，各片为宽椭圆形，平展开来。雄蕊通常有七根，长而突出，带有花药。雌蕊为一根，长度与雄蕊相等，花柱基部是子房。荚果[1]可长六寸至一尺，稍显膨胀，长刀形，一次生四至八颗种子。未成熟时荚果肉质，呈红色，种子为长椭圆形，扁平，长约一寸五分。它在印度各地有多种名称，特别是在孟加拉称为阿索克、阿索卡，在孟买称为阿肖克、阿索克、阿索卡、亚松吉等。梵语中称为阿肖卡、坎卡里、坎克里、乌汉珠、乌汉珠尔多尔玛、维肖卡、维塔肖卡，等等。

## 御会式樱

弘安五年（1282 年）十月十三日，本门寺的日莲

---

1 荚果：荚果为豆科类植物的果实。

和尚在武州池上圆寂，如今每到十月十三，人们都会悼念他，在日语中人们将此仪式被称为御会式，也称法花会式、御命讲或日莲忌。在此期间，正值一种樱花开放，这个品种在寺庙中十分常见，所以人们也顺势称其为"御会式樱"。人们对它的盛开心存感激，仰头望之，喜极而泣，认为这是佛祖回应人们的虔诚，以这种樱花的盛放回应民众的功德。反过来想，也正是因为有如此众多的信徒，佛祖才能万万岁岁陪伴信徒。人世间之大，细想生活中的各行各业里人与人、人与物的关系，不也正是彼此需要，或是有求必有应吗。

但其实这种樱花与御会式是没有任何联系的，更无因缘可言。不论人们是否举办御会式，它每年都会如期而至。就如有的花在春天剪枝，之后在秋天会再次开放一样，所谓的御会式樱只不过是人们利用了它的花期来命名而已，甚至有的人们反过来对它说："花儿啊，你应该感到欣喜，你赶上开花的好时候了。"

其实，这种樱花的正式名称是"十月樱"，也就是人们熟知的彼岸樱的一种变种[1]。我很早就开始研究这种樱花，并将其学名定为 Prunus subhirtella Miq. var. autumnalis Makino。这种十月樱在野外已经绝迹，所

---

[1] 东京人所说的彼岸樱在《大和本草》中被称为乌巴樱，有时也被称为乌巴彼岸、东彼岸或江户彼岸。

幸日本国内的许多地方还有人工种植的习俗，所以并不算是稀有品种。它在秋季进入最盛的开花期，冬季过后春天也会再次开花，但开花的数量均不及秋季。其花朵小巧，呈淡粉色，通常是半重瓣，但也有单瓣的，另外，秋天开的花往往都带枝叶，它也不例外。在奈良公园的二月堂附近也有一棵这种樱花，在奈良则被称为四季樱。

卷三

# 辛夷之花[1]

## 堀辰雄[2]

---

[1] 辛夷之花：特指日本辛夷花，学名 Magnolia Kobus，也称日本玉兰花，原产于日本。
[2] 堀辰雄：日本小说家，著有《圣家族》《菜穗子》等。

我只能在心中放任思绪流淌，想象着某个山顶上的辛夷花挺直了身子，开得正好。现在这个时候雪都开始融化了，想必从它那洁白的花朵上，晶莹的雪水正在嘀嗒着落下吧。

"春日里,想到奈良去赏马醉木[1]之花,途中绕道木曾路,不想竟然遇到了暴风雪……"我在火车车厢里打开在木曾路旅店里偶得的明信片如是写着,同时望向车窗外大雪纷飞中的木曾山谷。尽管春天已经来了一段时间了,还是遇到了如此恶劣的天气,如寒冬般冰冷入骨。火车包厢里除了我和家人之外,还有一对夫妇,他们在木曾上车,看起来像是商人的模样,似乎是要去温泉疗养。另外还有一位穿着厚重冬外套的男人。

没想到火车过了上松地区之后,雪忽然弱了,微弱的阳光甚至时不时地从车窗外透了进来。我一路都极力忍耐着这刺骨的寒冷,其他乘客则向往着这缕阳光,纷纷换到了对面可以沐浴到阳光的位置。妻子终究也拿起了阅读到一半的书坐到了对面,现在只剩下我依旧坐在阴暗的一侧,时不时地望向木曾谷和溪流中纷纷的雪花。

这次旅行从上路起就承受着极端而怪异的天气,说糟糕也不为过,但换个角度来看,其实也实属幸运。昨天从东京出发时,遭遇漫天凛然的大雪,下得之猛烈,心想傍晚时分到了木曾也许会停雪吧!不想在中午时分就开始逐渐变弱,甚至变成了雨水。透过雨水看山

---

[1] 马醉木:学名 Pieris japonica,杜鹃花科马醉木属下的植物。

顶依旧在积雪的甲斐山时，十分清爽。之后，当到达信浓一带时，竟然连雨也停了。甚至连富士见地区的枯原在经过了雨水的洗礼之后，都带上了几许生机，从车窗外掠过。再后来，远方白雪皑皑的木曾山脉逐渐引入眼帘，目的地越来越近了。

晚上，我们住在木曾福岛的旅馆里，清晨时分醒来，意外地发觉窗外又下起了大雪，只听旅馆里的女仆一边往炉子里添柴火一边说，"这雪下得可真是不得了……最近总是反复无常，捉摸不透呢"。

然而此刻的雪已经不再让人感到刺骨的寒冷，于是今天一早，我们从大雪中出发了。现在我们乘坐的火车从木曾谷之间穿过，我时不时地把自己的脸贴在火车的车窗上，想要看看头顶的天空是否已经明亮起来或者是不是还被乌云所笼罩着。但我并没能看见天空，只见无数的雪花片朝着车窗飞来，随着大风飞舞着，偶尔能窥见一缕阳光。虽然这缕阳光微弱极了，但我内心总盼望着列车能早日驶出雪国，朝着春天的国度行进……

邻座是一对中年夫妇，看起来似乎是本地人。丈夫似乎是从事批发行业的商人，妻子的身体似乎抱恙，脖子上裹着白色的围巾，在一旁小声地附和着丈夫的对话，总之他们并没有特别在意周遭的人们，我和妻子对他们也一样。最那边坐着的一个穿着冬大衣的男人则引

辛夷

寫壬午如月廿有一日眞

起了我的注意，因为他时不时地就要起身来，像是忽然想起了什么事情，然后他会用脚在地板上摩挲，发出声响。每当他发出噪音，坐在我对面用外套把自己的脚包裹着的妻子就会放下手中正在阅读的书本，抬起头来皱着眉头看向我。

列车就这样行驶着，转眼又经过了三四个站，我依然依靠在窗边凝视着木曾川，逐渐雪花变得稀疏，甚至找寻不到雪花片的踪影，看得我有些不舍，木曾路也要就此别过了。自由自在的雪花啊，即使旅人们匆匆而过，你也多在木曾山上停留一阵子吧！哪怕只有短暂的片刻也好，让旅人们从远处的平原上还能深情地回望你飘舞的模样吧！——当我还沉浸在这美好的意境中时，耳边忽然传来了邻座夫妇的低声细语："刚才山上闪过了几朵白花，是什么花？""是辛夷花啊。"

听他们这么说，我赶忙转身，把脸靠得更近，试图去寻找他们所说的辛夷花的踪迹。虽然他们口中的那一树花已经被列车甩在身后了，想必山上一定还有其他白花的存在吧。原本静静发呆的我，此刻东张西望起来显得十分慌乱，甚至连邻座的夫妇也好奇地盯着我打量了起来，令我不由地感到一阵尴尬，为了缓解这样的气氛，我连忙望向专心致志读书的妻子，开口说道，"难得出门一趟，总是盯着书看是不是有点浪费了，偶尔也抬头欣赏一下山里的景色吧……"说完这番话后，我起身坐到对面，目光继续紧紧地盯着窗外。

妻子不满地回我，"难道不是人在旅途中才能更专心地读书吗？"

"呵，是吗。"我轻声回答道，其实我对她并无不满，只不过希望她一同欣赏窗外美景罢了，我内心盼望着能与她一同找见盛开在山间的白色辛夷花，一同品尝旅途的情趣。于是我继续压低声音回答着："听说这山上的辛夷花已经开了，真想亲眼看看呢。"

"啊，你方才没有看到么？"妻子面色欢欣地看着我，"开了不少呢。"

"你撒谎。"这次轮到我不满地回看着她。

"虽然我大部分时候都在低头阅读，我也能时不时能瞥见窗外是什么景象，开了什么花呢。"

"你居然碰巧瞥见了，可我一直注视着川那边，木曾川……"

"快看！那里有一棵辛夷花树！"妻子忽然打断了我，顺着她的手指望向山的那边。

"哪里？"恍然间，我似乎真的看到了星星点点的白色，"刚才闪过的那个是辛夷花吗？"我一脸茫然，有些失落。

"真拿你没办法呢，错过了，我再帮你找找吧！"

妻子则些许得意地看着我，"但开花的树似乎很难找到呢。"

于是我们便一齐把脸贴在车窗上继续寻觅着，眼下是还没有被春意完全覆盖的大山，不知从哪里飘来的零星雪花在空中轻轻划过。

再继续眺望了一阵子之后，我不得不放弃了，最终还是没能有幸亲眼一睹辛夷花的风采。我只能在心中放任思绪流淌，想象着某个山顶上的辛夷花挺直了身子，开得正好。现在这个时候雪都开始融化了，想必从它那洁白的花朵上，晶莹的雪水正在嘀嗒着落下吧。

白木蘭

# 枇杷之花

## 永井荷风[1]

[1] 永井荷风：日本小说家、散文家，浪漫派代表作家，本名壮吉，别号断肠亭主人、石南居士等，著有《地狱之花》《墨东绮谭》等。

只是我每次回望枇杷树扎根在我家简陋的院子里之后
已经长成一棵参天大树之时，都禁不住要感叹一番，
感叹岁月如梭，感叹时局的流转。

清晨用水清洗面庞，忽然全身冷得打了一个激灵，寒冷的季节就这样悄然间不期而至了。过了晌午，刚忙活一阵子，天就黑了下来，白昼也变得越来越短了。我时不时地会看看日历，数一数今年还剩下几天。菊花早已凋谢，山茶花也开过了时候开始散落满地了。阴天的傍晚忽然刮起来的大风，拍打枯树，发出残败的声响。被人们忘记在枝头的一两个柿子早已干瘪，被霜冻包裹着的树叶也都掉完了。伯劳鸟、鹎鸟、灌木丛中莺鸟的鸣啼之声也逐渐开始响起。就在这样的季节里，枇杷花开了。

枇杷树的花并不是纯白色的，大小和颜色都和麦子粒接近，一般开在枝叶繁茂的大朵树叶丛中。从远处看，人们几乎分辨不出它究竟是花儿还是树芽，很是低调，甚至比八角金盘花还要不显眼。

恰好，我家的围墙边上就有一株枇杷树。

大正九年的庚申五月末，我从筑地搬了过来。从厨房的窗下看去，有两三株不知是何树或是草的芽，从扫帚扫过的湿土中冒了出来。因为我觉得它们很是可怜，便选择了一处人迹罕至且阳光充足的地方，将这些芽移栽了过去。可惜不久之后，其中一株芽就枯萎了，剩下来的一株看起来像是梅树，另外一株则是枇杷树。这两株小树枝叶的轮廓在两三年后才开始长得清晰起来。也

枇杷

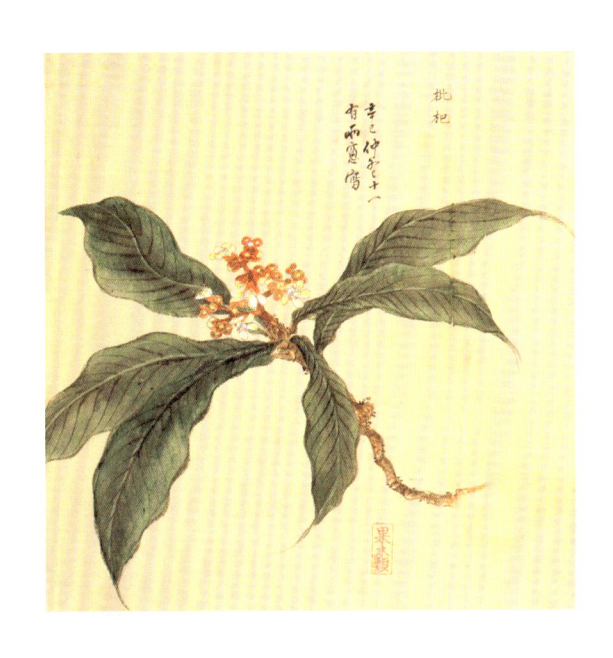

枇杷

百花谱

许是以前居住在这栋房子里的人，在食用完青梅和枇杷的果实之后顺手将果核扔到了窗外，于是果核作为种子生出了枝芽。于我而言，此居所既来之则安之，所以每年陪伴着这两棵小树一起成长也成为了我生活里的一大乐趣。

在大正十二年的秋天发生了地震，还没长大的梅树被来来往往的人流给踩断后便枯萎了。枇杷树由于比梅树长得要更快，当时已经有三四尺高了吧，所以幸免于难。想来，从那时的地震到现在也已经过去十二年了啊。时光荏苒，岁月如诗，渐渐地这棵枇杷树已经被我遗忘了。然而在今年梅雨季节天公放晴的日子里，我沿着光叶石楠和云片柏树边的围栏望去，偶然发现枇杷树的果实已经开始变得发黄，果实成熟了，忽然间我更是感叹时间流逝如此之快。

可惜在我发现枇杷果实熟了的第二天，它们就悉数被附近捕蝉玩耍的孩童们摘走了，一颗也没有剩下。眼看夏天结束，蝉鸣声、虫叫声也散尽，一转眼树叶飘落，冬天来了。于是从今年起我便开始留意起枇杷树的枝头，一边守望着它再次开出白黄色的花朵，一边在脑海中想象着果实成熟的情景。如今也到了十一月了啊！

我在端详枇杷花的时候，不知为何想起了鸟居中斐守[1]的轶事。水野忠邦[2]时任老中进行天保改革[3]时，担任江户町奉行一职，因其压迫西方学说遭到众人的怨恨，被称为酷吏。他本名是燿藏，讳名忠辉，号胖庵，是江户朝廷首席教育司林述斋的第二个孩子。弘化二年十月，他因罪而被剥夺身份，降为平民，并被囚禁于赞岐国[4]丸龟领主京极氏的藩中。被降罪时年五十岁。岁月匆匆，二十五年过去了，到了明治戊辰年，德川氏奉还大政，丸龟藩便不再负责掌管幕府的获罪之人，藩主当即决定赦免其罪过，将其送返江户城。但不曾想甲斐守是一个固执之人，他自诩为德川家的臣子，应该由德川氏族决定他的去留，"如果没有幕府的赦免命令，我就不能离开如今安置我的地方。"他如是说道。丸龟藩对此束手无策，急忙向新政府请命，最终由新政府发出了释放鸟居甲斐守的命令。于是甲斐守前往新的静冈藩主德川氏处，亲自请求赦免命令。随后，他年岁已高，顶着满头白发，孤身一人来到了东京。

---

[1] 鸟居甲斐守：即鸟居忠房（1606年—1637年9月2日），江户后期儒家学者林述斋之子，本名忠耀，日本江户时代大名，甲斐国谷村藩2代藩主。
[2] 水野忠邦：江户时代后期的大名以及首席老中，肥前唐津藩主以及远江滨松藩主。
[3] 天保改革：1841年—1843年，日本的德川幕府在第十二代将军德川家庆在位时期，针对动摇著德川幕府的封建统治的商业化发展及他国战争为远东带来的紧张局势所作出的改革。
[4] 赞岐国：日本过去的地方行政区划之一，位于南海道。相当于现在的香川县，但建国时不包括小豆岛和直岛群岛。

听闻甲斐守在弘化二年冬天首次被幽禁于丸龟的看守所时,曾偶然吃了枇杷之果,吃完后便将果核丢到窗外。二十五年之后,在他即将出发去静冈时,当年那颗枇杷之核已经长得十分高大。甲斐守指着这棵树对藩中的士兵们说道,"这棵树是我作为囚人的见证啊。倘若它从今天起再没了用处,就砍了它做柴火吧",说完这番话,他舒展开眉头笑了。这段故事是我从角田音吉著《水野越前守》一书中读到的。

我并不是一位史学家,也不想对古今中外的历史事件和人物评头论足。只是我每次回望枇杷树扎根在我家简陋的院子里之后已经长成一棵参天大树之时,都禁不住要感叹一番,感叹岁月如梭,感叹时局的流转。

大正八年秋日里的一个傍晚,我与已故的友人一同外出散步,第一次推开了这座简陋房子的大门。起初我只不过是在讲述时事新闻的报纸上看到了房屋出售的广告,后来一边向路人打听,一边顺着饭仓八幡宫[1]的背后绕道至我善坊谷[2]旁的小径,又沿着崖道走到了市兵卫町的大街上。来到山形酒店的门口,只见很多身着军装的洋人们在交谈着,询问路人才知原来这间酒店被捷克和斯洛伐克的军官们包下来了。从悬崖上俯瞰箪笥町的低洼地带,隐约可以从树丛之间看到几座茅屋的屋

---

[1] 饭仓八幡宫:日语历史地名,指的是现东京都港区麻布地区的东部一带。
[2] 我善坊谷:过去位于东京都港区的山谷地名。

顶。此时已近黄昏时分,市兵卫町的主街上鲜有车子经过,几乎也看不到几个人影,只有一轮明月高耸地挂在路边的老树树梢上。我抬头望向月亮,想要通过月亮的位置推测出方向。于是我在明月的光辉下,再次沿着电车路[1]走,朝着饭仓八幡宫出发了。

彼时的爱宕山山脚下立着一块牌子,牌子上写着"法国航空团",但与如今繁忙的天空相比,那时候天上的飞机并不多见。登上灵南坡,即使路过美国大使馆的外墙,也看不到深夜站岗的巡警。大地震之后,人们在银座一带重新栽种柳树,树木可以重现,但过去当上政府议员的青楼老板的逸事却不再有了,取而代之的是咖啡馆门口装饰起了穿着铠甲的武士人形,古董店的拍卖广告也改为"珍品罗列,低价出售",真可谓物是人非。

我是一个热衷于记录日常见闻和世间琐事的人,但我绝不愿意评判事物的是与非。因为我知道自己的观念和个人爱好与当下的现实并不一定相近,我大多时候都只属于那已经消逝的时代。

鄙人之陋屋的庭院里,野菊已经枯萎,只剩下颜色清淡的枇杷花还开着。我依旧反复品味着古诗,"羁鸟恋旧林,池鱼思故渊"。我的身心如同眼前的草木,已然老去。

---

1 电车路:街道的名称,日语为"电车通"。

# 舍华求实

## 正宗白鸟[1]

1  正宗白鸟：日本小说家、剧作家、文学评论家，本名正宗忠夫，日本自然主义文学巨匠之一，著有《泥娃娃》《死者与生者》《人生的幸福》等。

然而，第二日午饭后，我再次漫步庭院中，花开得更满、更美了，我再次被花儿们牢牢吸引，不知不觉中竟再次爬上了那棵樱花树，再次抓了两三把樱花，贪婪地喂进了嘴中。不论味道如何，把美好的东西吞入肚中总是一件愉快的事情。

我家对面的洗足池畔，是东京近郊著名的赏樱花胜地。在战争开始之前，我被疏散到了轻井泽，在这十几年期间，每个月我必回东京一趟，但说起来我从来没有在樱花盛开的时节回去过。最近，我再次回到了东京的居所定居，时隔这么久，我总算可以整日尽情地欣赏樱花的绽放。随着天气越来越暖，樱花也很快就开满了枝头。

《细雪》[1]中的一位女子被问到最喜欢的花的时候，其答曰："当然非樱花不可。"当被问到最喜欢的鱼的时候，她又说是鲷鱼。鲷鱼是日本人最喜欢的鱼之一，所以这样的回答并不会出人意料。我出生在濑户内海沿岸，从小家里人就对我说，好吃不过浜烧的鲷鱼[2]。刚捕捞上来的新鲜鲷鱼，拿来海边的盐窑里烘烤，是无可比拟的人间美味，这在我的老家是人尽皆知的共识。

我们从孩童时代开始，便被大人们劝说，赏花当赏樱花。如今我从东京居所的正面，便能观赏到樱花盛开的全部过程，三成、五成、直至开满了枝头，花朵密布，花朵们高昂地在枝头上迎风而立……此时，我又想起了自古以来的训导，鱼中之王属鲷鱼，花中之后当属樱花，于是我在闲暇的时候开始细数这些年来自己走过

---

1 《细雪》：谷崎润一郎所著长篇小说。
2 鲷鱼：浜烧为日式烘烤方法，用煮盐的锅烘烤鱼类。

櫻

山櫻

彼岸櫻

江戸櫻

大江戸櫻

的赏樱胜地，心想也许诗人们盛赞的吉野才是日本的赏樱第一胜地吧。说到吉野，我曾经去过三次，但我总觉得初到吉野那次的经历是最美好的。虽然吉野的樱花和景色始终如一，但我初到吉野那年还没有过于拥挤的人群，也没见到因为赏花宴会而喝得酩酊大醉的醉汉。时光流逝，第二次和第三次造访吉野的时候，反倒觉得樱花凋谢之后的景致更加可人。

从古到今，樱花不论是在和歌、俳句、物语、绘画还是音乐作品中，都受到了人们的盛赞，人们不惜用尽赞美的词藻，表达着自己的爱慕之情。真可谓鲷鱼为鱼中之王，樱花是百花之王，狮子乃百兽之王，人类即万物之灵。

"神明主宰天地，人乃万物之灵"是我在幼年时期学习的第一本教科书中记载的。这么高深的句子，书中并未作出详细的解释，我只读出了字面，囫囵吞枣地背下了句子，后来才知道这原先是出自美国小学的教科书（威尔逊读本）的直译版本。同一时期，我从另外一本修身育德的书本中还读到了"烟草有害身体健康"的训诫。就这样，只有六七岁的我们从书本中学着这样那样的知识和箴言。

当时除了学习这些修身育德的书本之外，我还被大人们安排到封建时代风格的"寺子屋[1]"学习，大声朗读《孝经》《论语》《孟子》等著作。现在回忆起来，当时朗读的那些书籍，事后也多多少少地成为了我的精神食粮，派上了一些用场。

同一时期我们也开始了写作的学习，选题大致为"庆祝天皇诞生日""春季皇灵祭日登山记"等，我拿起笔来思考要如何用这样的题目写作，但却怎么也找不到思绪，无从下笔。

构思好之后，我拿起笔写道："村里家家户户都在门前插上了国旗""今天天气晴朗，大海波澜无惊"……当我写下这些文字的时候，我内心似乎感到自己真的做了什么不寻常的事情一样。即使现实中没有几乎人家门前插上了国旗，我也故意这么写，学生时代的作文写作大抵都是这样，在写记叙文的时候，写自己脖子上挂了一只葫芦爬山的经历也未尝不可。

有一次，先生为作文命题为"赏花"，恰逢野外山间的樱花已经开遍，我便打算以赏樱为题进行写作。不知不觉中，我开始认真地欣赏起花来，内心对樱花精致之美惊叹不已。当时我家的院子里还有一株八重樱[2]，

---

[1] 寺子屋：指的是当时让平民子弟学习阅读和写作基础知识的学校，是江户时代面向平民而建立的私立教育机构。
[2] 八重樱：樱花的一个品种，花瓣为八瓣故得名八重樱。

它的开花时期相对其他单瓣的品种要晚一些,每当八重樱开花的时候,祖母会为孙子们准备丰盛的便当,一起坐在树下赏花。于是,我打算就着祖母带我们赏花的回忆为主题写一篇赏樱记。但当我走到八重樱树下抬头仰望它的时候,花还未开,我的大脑里也毫无思绪,不知道从何写起才好。我只记得往年盛开的樱花树下,祖母与我的兄弟姐妹们团团围坐,吃着玉子烧[1]、鱼糕和祖母煮的其他便当。虽然现在还未到赏花宴会的时节,我原本打算假装自己今年已经与家人一起在赏花宴会团聚过,但忽然间我感到一阵索然无味,今年还未品尝到美味的便当却偏要假装已经吃过,未免太过无趣。

于是,我打算改为写"今年第一次感受到樱花的美丽",但这似乎也太为矫揉造作,令人不适。最终无可奈何的我向先生交了白卷。

老师反问道:"究竟怎么回事,空空如也乃零分之卷!"

"我毫无思绪,束手无策了。"

"还是写点什么吧!"老师再次规劝我,"现在樱花开得正好,你应该也听说过'花当属樱花,人当属武士'这句话吧!"

---
[1] 玉子烧:日式煎蛋饼。

"未曾耳闻。"

"'比起娇美之花,更爱手中美味的团子[1]'如何?比起看花你更喜欢吃团子吧!不如就写赏花时候与家人们在赏花宴吃的团子吧!"

难得先生为我的作文提议,我便按照他的建议写了起来,"比起赏樱花,我更钟爱手中的团子"。写着写着,樱花的面庞也变得像团子一样了,而穿在竹签上的团子,看起来也像盛开的樱花,实在是有趣极了。——就这样,赏花记摇身一变成为了团子记。先生评阅我的作品,还给了我一个好分数,想必先生也是幽默之人吧。

但于我而言,团子是团子,花是花。因为团子是入口的美味,而樱花是令我眼前一亮的风景。一日,邻居送来团子,我吃得既满腹又满足。饭饱之后的我独自抬头仰望起院子里零星绽放的樱花,许是想起身消化一下满腹的团子,我爬上了院子里那棵樱花树,顺手抓了一把开得正好的樱花就往嘴里塞,此时已经不是好吃不好吃的问题,而是将美丽动人的事物入嘴后穿过喉咙,最后直接掉进了肚子里,就这样,我继续抓起两三把花,咀嚼着下了肚。吃完这几口之后,我便从树上跳下

---

[1] 团子:日式年糕的名称。

了。我再次抬头望着绽放的花儿们，心里默默念道，如此漂亮的花朵的味道，谁都不曾知晓吧，这是属于我的乐趣。樱花美得沁入人心，它本不是人类的食物，所以这日发生的趣事我没有告诉其他人。

然而，第二日午饭后，我再次漫步庭院中，花开得更满、更美了，我再次被花儿们牢牢吸引，不知不觉中竟再次爬上了那棵樱花树，再次抓了两三把樱花，贪婪地喂进了嘴中。不论味道如何，把美好的东西吞入肚中总是一件愉快的事情。我偷偷地享受着这奇妙又奇特的乐趣，在被家人发现之前继续淘气地食着花。

三好达治

渥美罂粟

这种微妙的搭配与初夏时分的感觉十分相似，微妙的事物似乎很容易破碎，花期之短亦无可奈何，也许正是这个原因，所以渥美罂粟才很容易与玛丽·罗兰珊放在一起相比较吧。

渥美罂粟[1]会让我联想到玛丽·罗兰珊[2]的画作,反过来通过后者也会让我想到前者。不论是渥美罂粟还是玛丽的作品,都显得那么孱弱,仿佛一缕青烟,瞬间就会消散,但却依旧美丽动人。尽管外表脆弱,但气质凛然大气。渥美罂粟的花期十分短暂,据书中记载其为"不过三日",比樱花都要短暂得多。渥美罂粟是草本植物,倘若它是乔木类的话,恐怕会得到更多的赞赏和青睐。它每逢初夏时节绽放,大概在每年六月,还不算炎热,是非常舒适的时节,虽然麦子依旧开始枯黄,但野外里成片的绿色仍然令人感到清爽。它的四片花瓣,呈红白紫色,看起来就像飞舞的蝴蝶翅膀,与远近的浅绿色相映成趣,生出了似梦境般的美好景致。这种微妙的搭配与初夏时分的感觉十分相似,微妙的事物似乎很容易破碎,花期之短亦无可奈何,也许正是这个原因,所以渥美罂粟才很容易与玛丽·罗兰珊放在一起相比较吧。渥美罂粟把自己的美奉献给这一花一茎,别致而洒脱。

与谢芜村的俳句说,罂粟花易谢,以篱墙护之亦徒劳。

---

[1] 渥美罂粟:学名 Papaver setigerum,原产于非洲,罂粟属一年生草本植物。在日本地区首次在奄美半岛上被发现。
[2] 玛丽·罗兰珊:1883年—1956年,法国女性画家。

罌粟

文政七甲申年夏四月下有
八日後園真寫

百花譜

罌粟穀

暂且不谈花田中种植的渥美罂粟，那些在庭前盛放的花儿们，哪怕用篱笆将它们围起来，也是阻挡不了它们的凋零的啊。如此浅显的道理，即使是村里的老翁，也能诗意地对你淡然讲述，恐怕没有比村翁们更加巧妙的诗人了吧。只可惜俳人们似乎并不将乡野之人放在眼里，实在是令人感到遗憾。

立地成僧之美，渥美罂粟花。

这是俳人小林一茶的亲笔，俳句中将人物与花联系在了一起。俳句中似乎寓意着渥美罂粟花最终会成为剃光头的僧人，这样理解的话难免显得有些落寞。或者，可以理解成一茶想要描述的是一番即将成为僧侣的少年围绕在渥美罂粟花田边玩耍的光景，则多了很多趣味和美好。不愧是一茶，以一朵花看透了生命，换做是我，我会从另一个角度来观赏它的同类——虞美人[1]，花如其名，被誉为古代美人，娇美如佳丽。初夏天空湛蓝，虞美人愈发红艳，她知晓生命的短暂，炙热地绽放自己的花颜。

以上为本人之拙作，与古代前辈优雅的文字并列在一起，实在是感到惭愧，于是继续翻看古书，这才察觉到古人们早就用更加简洁明了的诗句表达了同样

---

1 虞美人：与罂粟同属植物。

的心情。

叫做雪秀的文人写道:"以雨为妆,美人草。"我以为这句诗将虞美人描写得十分精妙,雨水装点在虞美人草之上,清秀而伶俐,简短的词句里饱含了无限的生机,其中"妆"一词更是极为巧妙,毫不俗套。雨天里的虞美人,看似平凡实则非凡,看似秀小实则大气。读到这里我更为自己拙劣的表达感到羞愧了,虽不知雪秀为何许人也,想必是名门望族里的一位大气的武士吧。

还有俳句如斯说:"月圆之夜,播撒美人花种",此处的"月圆之夜"是提示季节的季语,此处即八月十五。注释中解释为"十五夜播种的虞美人,开花后格外美丽"。作者号流水,是贞德[1]之孙辈的弟子,尾张地区生人。如此简洁又令人遐想无限的俳句,品来实为精妙绝伦。

---

[1] 贞德:即松永贞德,1570年—1653年,日本德川时代俳句诗人。

百花谱

# 病房里的花开花落

## 冈本加乃子[1]

---

[1] 冈本加乃子：日本小说家、歌人，著有《金鱼缭乱》《老妓抄》《病鹤》等。

春天所到之处，樱花都在静静地开放着——樱花的这股热情和执拗，让带有强迫症观念和些许忧郁的我——一个神经衰弱的人来说，有点过于令人窒息了。

春天是一个容易让我感到精神衰弱的季节。不知为何，我总是难以平静下来，或者是变得消沉，一整天都被思绪缠绕。拂晓之际，樱花为我的不安和烦躁拉起了一丈帷幕，优雅而宁静，但仍感到一股被封闭起来般的沉重之感。都说日本的春之樱总是绽放在人的眉眼之上，繁茂的樱花高高地挂满枝头，漫山遍野都是樱花的身影，它们在等待着人们的到来。春天所到之处，樱花都在静静地开放着——樱花的这股热情和执拗，让带有强迫症观念和些许忧郁的我——一个神经衰弱的人来说，有点过于令人窒息了。这也许是因为我看过太多樱花了吧，导致它的美深刻地穿透了我的内心，最终产生了反面的效果。但当我想象出一个没有樱花的国度时，那又未免太过单调、无聊至极了。日本的樱花开得层层叠叠，错落有致，迎合着春风温暖的手心，轻轻地拂过人们的面庞，使人产生醉意。樱花啊，盛开吧，开得占满枝头吧，开得枝垂满树吧。

但我并不打算停止抱怨樱花所带来的忧郁之感和它那咄咄逼人的姿态。

十年前，因为某个突发事件，我的精神崩溃了，精神状况就此遭受了巨大的打击和伤害。那年的春天，我被带到了一家精神病院，里面开满了樱花。樱花的数量之多，我仿佛掉进了樱花的海洋，飘到了漫天都是樱花做成的云彩的国度，起初我只是漠然地看着它们，让它们的美感恣意地爬上我的心间。但不久之后，当我看到精神病患们在开满了院子的樱花底下散步的光景，我忽然意识到眼前这奇特而娇美的风景，正好诠释出了樱花的美丽之处。他们之中，有的人在莫名地笑着，有的人抬头仰望天空，似乎在合掌祈祷着什么。有的人只穿着一件单薄的衣服，不停地翻着脱下来的衣服，还有人拿着镜子，把头发扎起又散开，还有的人被护工牵着，像普通人一样平静地在草地上散步。大概十来人的男女老少们，在午餐之后，得以从病房中解放出来，在院子里度过短暂的时光。樱花花瓣不间断地飘落了下来，有的患者烦躁不安地把落在自己头发上的花瓣拂去，有的人则挥着手将它们避开。但他们中的大多数人即使这小巧的花瓣掠过脸颊、或是掉到胸前，他们都无动于衷，这样的反应多多少少让我感到有些悲哀。就这样，在等待医生为我做诊断的一小时时间里，我被眼前的景象所吸引住了，尤其一位四十岁左右的男病患，引起了我的注意。他一遍又一遍地唱着日俄战争的出征军歌，绕着院子周围行着军步，他每次巡回的起点正好是我从走廊可以看到院子的玻璃门外面，这扇玻璃门十分坚硬和牢固。每次他走到这里，都会立正，透过玻璃对我们莞尔一笑，并举手敬礼，我们见状也默默地向他回礼，他看到我们的回应似乎十分满意,之后就立即转身继续绕着种满樱花树的院子行走一圈。那首军歌的音域宽广,基调很低,有的段落他唱起来声音嘶哑,我后来听说这是精神失常患者唱歌时候的特征,这让我感到莫名的悲伤。据说他在日俄战争中负伤导致精神失常,从那之后就一直在精神病院里生活,他属于慢性症状的患者,所以举止很温和,不会对他人造成伤害。这个可怜的男人每次来到我们面前的时候,身上都会沾着几片飘落的樱花。尤其是男人的头顶,散落着许多花瓣,花瓣之间夹杂着几缕凌乱的头发,几根很粗的银发在午后的春日阳光下闪闪发光,我看到这一幕,立刻忧郁了起来。陪同我的护工看到我的情绪变化,便打算将我带到诊室里,就在这时,走廊尽头中庭对面的一栋楼里突然传来了女子疯狂的叫声。在那里,开满枝头的樱花低垂着,只见病房的窗子敞开着黑色的大嘴。从那扇窗户里隐约能看见病房里似乎有两三个人,挥动着白色的衣袖,似乎在做着什么,担心被对方察觉,我赶忙挪开了自己的视线。慌乱之中,我的目光移到了窗边的樱花之上,樱花的颜色很是苍凉,于是我不禁地打了个寒战。

　　回忆起很久之前的一个夜晚,我曾经留宿在朋友家别院的茶室里,半夜里我突然惊醒过来,只见门外被樱花树围满了。满眼的樱花,静静地在午夜盛开的樱花树，压满屋顶的樱花树……我忽然感到一阵寒意，连忙盖上了被子。

第二天一早，朝阳降临，阳光洒在房子周围的樱花树上时，我醒了过来。我的身体在被子底下蜷缩成一团，浑身都是汗水。

地主

王昭君

# 病房里的花朵

## 寺田寅彦[1]

---

[1] 寺田寅彦：日本物理学家、随笔家、俳句诗人，著有《地球物理学》《风土文学》《万华镜》等。

> 真正美好的事物与效仿美好事物的平庸之辈的区别，
> 往往在于这些超出了人类的普通的感觉之外的、
> 细小入微的地方。隐藏在每一个人潜意识深处的本我，
> 难道不才是那个人审美观念的决定因素吗。

在病倒前的四五天，我去三越的时候，顺便买了一盆小小的秋海棠回来。我把它安置在书房里的书架旁边，每晚都借着灯光欣赏它，心想日后的闲暇时光里可以为它画一幅写生，但没想到在那之后我便身体抱恙，住院了。

住院那天，妻子给我带了很多东西，其中就包含这盆秋海棠，她把花盆放在了床边放药瓶的大理石台子上。病房里空空如也，被灰色的墙壁和纯白色的窗帘包围着，唯一的色彩只有暗红色的柜子和床头上的黄铜金属了，阴郁而冰冷的病房因为秋海棠的到来，蓬荜生辉，亮丽了起来。躺在病床上，看着宝石般的大红色花瓣和天鹅绒般光泽的绿叶，映射在灰色的墙上，清新而美丽。

我一直以为，不论仿真花多么巧夺精工，与自然的花相比都是粗糙的拙劣之作。记得我曾在美国的某个博物馆里参观过某位名匠制作的玻璃花，即便是这样的作品，也不能与天然的花朵相提并论，相反只会显得无趣而笨拙。这种无法弥补的差距的根源到底是什么呢，如果以色彩和外形等抽象的概念和词语为基准来比较的话，人造花和天然花在外形上的区别是非常难以区分开来的。"人造花是死的，鲜花是活的"，有的人可能会这么解释，但这种说法并没有回答出两者区别的本质，

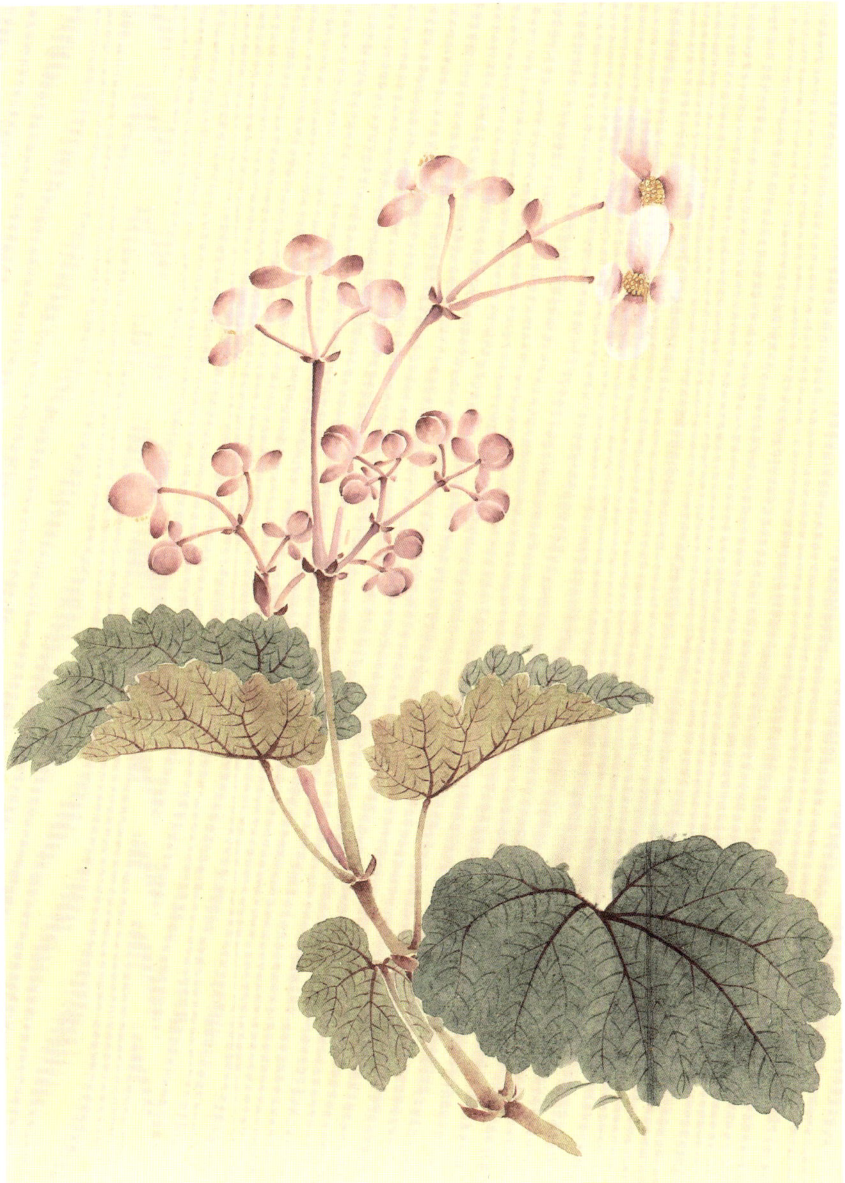

只不过是把现象又描述了一遍罢了。实际上要从本质明确地区分两者的话,恐怕需要在显微镜下才能看得一清二楚,仿真花是由许多不规则的干燥的纤维组成的,也有的是由凹凸不平的无晶体方块构成的;鲜花则是遵循自然规律的细胞有机体。真正美好的事物与效仿美好事物的平庸之辈的区别,往往在于这些超出了人类的普通的感觉之外的、细小入微的地方。隐藏在每一个人潜意识深处的本我,难道不才是那个人审美观念的决定因素吗。我一边思考着这个问题,一边凝视着海棠花,哪怕只是通过我这微弱的肉眼之力,也能看出花瓣里的每一个细胞所闪耀出的生命之光啊。

次日,A君前来探望我,给我带了一束油菜花,一时找不到合适的花盆,只好暂时将油菜花插在洗漱用的金属制盆里。许是因为在室内的缘故吧,并没有散发出让人联想到云雀叫声的香浓气息。之后,我将它插在了从家里带来的花瓶里,放在房间一角的洗漱台上了。

同日,我的一个侄子N带来了一盆西洋品种兰花,小小的黄褐色花盆里铺满了水苔,像青竹叶片般又宽又厚的几枚叶片对称地从茎的两边伸开,正中央的花朵微微低垂地立着,整体都是绿色,只有花冠呈现出深紫色,像陶瓷表面纵横交错的条纹一般。乍看之下,这株兰花乃寻常之美,但它十分高雅娴静,颇有令人平静下来的气质。当我将它和华丽的、宛如传说中的公主般的秋海棠放在一起欣赏的时候，兰花就显得像是一位庄严而忧郁的美男子一样。在花冠下面垂着一片像口袋一样的花瓣，紧紧闭着，我想这片花瓣早晚会朝上打开口袋的吧，但最终它都未曾打开这扇紧闭的花门。

一段时间之后，T君夫妇俩来探望我时又给我带了一盆很大的秋海棠，这盆海棠比我家的那盆大了好几倍，与这盆新的海棠相比，我家的那盆顿时显得有些寒酸了。而且我家的那盆正巧已经开始褪色，而这盆新的海棠则正直鲜艳，令人眼前一亮。我只好将旧的海棠花放到病房一角的洗漱台上，新的海棠则摆放在枕边的台子上，不厌其烦地欣赏着它。不可思议的是，寂寞清高的兰花与这盆新的海棠花相比则毫不逊色，反倒是比往日更加凸显出了兰花的特质。想来我依旧不舍丢弃旧的海棠花，我时不时地扭头看向洗漱台上的花儿们，忍不住忧心起它那日渐褪色的花朵和枝叶，不免感到悲伤。孤单的油菜花和那只花瓶，也仿佛在淡淡地散发着些许哀伤的情绪。

这次，另外一位探病的好友I又给我送来了仙客来和一品红。过去我曾在花店里见过一品红，但当时并不知晓它的名字，这次收到花之后我看到花盆上的木质名牌才得知其名。我把一品红放在药柜桌子上仔细端详着，叶子像鸡冠顶上艳丽的朱红色，仿佛是在燃烧的烈火，强烈极了，我不由地联想到了热带风情。如此浓烈的色彩，与其说是花朵，更不如说像是鸟类羽毛的装饰品一样。花的顶端有一簇很小的黄花，它们似乎十分谦虚，若隐若现地把自己藏了起来。大自然真是奇妙，这花居然违背常理，将自己的生殖器官长得如此不起眼，但同时却把自己用来呼吸的叶子装点得如此高调华丽呢。在植物学家或者进化论学者看来，这样的现象也许是有着其中的道理的，即便如此，我依旧感到惊奇不已。看着看着，我回想起了自己的新加坡之旅，那也是一段在茂密的热带雨林中度过的时光。当时，我乘着马车，穿过椰子树林中的红色大路，那难以名状的心情依旧记忆如新，然而旅程中的细节和琐事已经如梦般模糊，这些异国风情的往事仿佛交织在绿色和赭色大地上的花纹，令人眼花缭乱。躺在这张冰冷的病床上，脑海中充斥着南国炙热的日光和勃勃的生机，顿时感到了无上的慰藉。

而仙客来则长得不太好，花朵逐渐失去了生机，叶片也萎缩得卷了起来，边缘甚至枯萎，变成了褐色。我对这个品种的花其实有着一段奇妙的联想，那是我还在柏林时候的事情了，阿卡其街（音译）的德语老师过生日的时候，我想要送一束鲜花以表示祝贺，于是我来到阿波斯特尔保罗基尔教堂（音译）前的一家小花店，精心挑选之后，选的正是仙客来。我把花盆用日本进口的桃粉色皱纹纸包好后，就连忙将花送到了在附近的老师家里。老师对我说，这种花德语叫做"阿尔卑斯紫罗兰"（Alpenveilchen），也许是因为这个先入为主的观念吧，我总觉得比起"仙客来"，这个名字要更适合它。

而说起这位老师后来的遭遇，难免令人唏嘘。她一直以收日本留学生为徒作为生计，但随着世界大战的爆发，留学生们都撤回了自己的国家，加之当时德国人对日本人的反感与日俱增，想必她也不能继续以旧职维系生活了吧。她的这些遭遇一直以来都令我挂怀不已，不知道她后来究竟过得怎么样。老师结婚后不久，当医生的丈夫就去世了，她与丈夫的遗孤——十四岁的女儿希尔德格特还有已从军队退役的父亲相依为命，听说她与父亲的关系并不好，生活得十分孤独。记得有一天，老师带着我们两三个学生和她的女儿一起到路易森剧院看童话剧，剧名叫《白雪公主》。毫不意外观众大部分都是儿童，我们几个外国面孔的大人们显得有些许突兀。舞台上扮演王妃的女子身材丰腴，她以极美的嗓音歌唱着"魔镜啊，魔镜……"两三天之后的一个晚上，老师突发剧烈的腹部痉挛，听闻情况十分危急，甚至在老师的眼角四周留下了清晰可见的青黑色的圈痕。我总觉得，引起老师这场疾病的原因，正是那晚带我们去看儿童剧所引发的，无论如何，那也是我们唯一一次跟老师去剧场看戏。

一日，即将满五岁的雪子随她的姐姐一起前来医院探望我。起初她只是乖巧而安静地盯着护士的脸，当她逐渐适应了病房里的环境之后，她甚至跳到了病床上玩耍了起来。她伸头看向枕边的花盆，窥见了藏在叶子后面的木质名牌，于是便开始大声地朗读出用片假名书写的花之名称。她朗读的声音十分可爱，逗得大家都欢乐不已，据说她最近正好习得了片假名，所以只要看到片假名书写的文字，都会忍不住读出声来。从那次之后，她每次来都会特意朗读牌子上的花名，这件事也引发了我的思考，对"文字"一物中所包含的深意以及人类社会中知识的未来的意义的思考。

我一直想知道一品红（Poinsettia）的英文怎么拼写，刚好从丸善书店订购的《近世美术》中看到名为罗杰·弗莱的画家以它为题创作的水彩画作品，从作品的介绍中得知了正确的写法。这幅作品的解说中还写到："此作品堪称美术风格的典范之作，不带个人偏好、真实还原事物的画风可以称为是近代美术的新风尚。"只见墙壁上很随意地张贴着一些布料和皱纸，画家以此为背景，两支一品红花被恣意地插在一个朴素的牛奶瓶里。这幅作品整体的感觉确实不错，但拿它与枕边真正的一品红相比的话，总觉得画里叶子的排列方式有些奇怪。如果让植物学家来鉴定的话，画作中的姿态必定是不自然的，但写下解说词的美术评论家却给予了其高度的赞扬，乍看之下这位评论家的评价似乎有些草率，细想之后也能体会到评论家的个中道理吧。

护士每天早晨都会来将这些盆栽搬到室外去浇水，每逢这时，就会听到走廊里的称赞之声："好漂亮的花啊。"但与茁壮生长的秋海棠和兰花相比，一品红似乎日渐消瘦，笔直的长茎两侧，绿叶按照一定的间距规则向两侧伸长，可惜这些绿叶似乎逐渐转变成了黄绿色。我认为是浇水过多的缘故，所以特意提醒了帮忙浇水的妻子和护士，但因为我对栽培的知识也只是一知半解，所以大部分时间都只能听之任之，眼看着它一点点枯萎。最终，叶子全都变成了黄色，底部的叶子也一片接一片地掉落，剩下的叶子也变得脆弱无比，用手指轻轻碰触就会应声而落。那些昔日里强劲无比，从茎中挣脱而出的充满活力的叶子，现如今却连指尖的压力都无法承受，毫无征兆地凋零殆尽，令我感到很不可思议。就这样，叶子从靠近根的底部开始，自下往上地脱落了。

这天，S君又给我送来了一盆秋海棠，大小跟之前T君夫妇给我送的差不多，但与之前收到的那盆比起来，颜色淡了许多，多了几分寂寥之气，并且不知为何它似乎有着野花般的清新之趣。不由地让我联想到，即使是同一种花，也会因为栽培的方法以及周围环境的差异而导致生长情况大相径庭。土壤的特性、肥料和水分的供给，甚至是光照和温度等因素，都会导致有的花长得好，而有的则不好，甚至可以比作有的长成了花中贵族，而有的则是普通平民。好在不论是花中贵族还是普通平民，它们都不会说话，所以也不会产生争斗。

再后来，O君送来一盆底部很浅的盆栽，里面栽满了各种花花草草。正中间还是秋海棠，秋海棠的四周是像一层层绿纱似的芦笋叶，下面红艳如火的天竺葵伸出了脑袋窥探着，低处还有几朵像有平糖[1]似的蟹爪兰低垂在花盆的边缘处。虽然每一种花都很漂亮，但人工地将它们聚集在一起，总让人觉得有些美中不足，缺乏真实的自然之美。话虽如此，这盆花依旧是热闹非凡，无数个难以入眠的夜晚，多亏了这些花儿们才让我熬过了漫漫长夜。在一个无法入眠、思绪万千的夜晚，我想起得知N老师病重时，我前去探望他的时候的往事。那时我到江户川边的大曲的花店去买花，买的

---

[1] 有平糖：室町时代由葡萄牙传入日本的糖果，由白砂糖加水和醋加热后制成。

也是秋海棠，我小心谨慎地提着用纸包好的花盆，没有乘车，一路走到了早稻田。当时我的身体已经不太好，尤其在买花的那天胃胀得特别难受，非常痛苦，事后回忆，当时我已经开始出现胃出血的症状了。但那天我还不得而知，为了节约车费，一路忍耐着，艰难地走到了目的地。老师因为病情过重，不能会见客人，我带过去的花由夫人转交到了病床前。夫人不一会儿从病房里出来，转告我说，老师说这花儿真漂亮啊。这大概也是我最后一次从别人的口中间接地聆讯老师的言语了。如今的我因罹患与老师一样的疾病而住院，老师最后因为这个疾病去世了，而我则平稳地度过了危机。我与老师在相同的季节患上相同的疾病、同在枕边装饰秋海棠，这事说起来实属偶然，但在偶然之中也存在着必然的因果关系。日常生活中也是一样，表面看起来偶然而发的事件，其实内在有着千丝万缕的联系，这样的情况也是常有的。老师与学生之间精神方面的共通点对二者的身体状态也会产生影响，反之，二者之间身体状态的共通点也会影响精神方面，从而促成两个陌生人走到一起为师为徒，因缘际会，实则妙也。如果是这样的话，老师和学生患上同样疾病的概率，理应比毫无关系的两个人要更大。如果二人已经患上了同样的疾病，那么在同一时期病情加重的可能性也更大。当时的我以为这似乎已经可以形成一套非常确凿的理论。

出院前，兰花的花朵已经完全枯萎，只剩下了叶子；一品红也只有顶端的红色叶子还挂在枝干上，像鸟毛一样；仙客来的情况也类似，基本都凋零了。只有三盆秋海棠依旧绽放着，只是颜色有些褪去了。出院当天，我原本打算将病房里的所有花都放在手推车上带走，可惜天公不作美，下起了雨，手推车因为没有雨罩，所以只好改坐人力车回家，所以，这些花儿们就无法一并带回去了。于是我去拜托护士帮忙将它们处理掉，没想到护士笑眯眯地对我说："我会将它们都收下的"，令我感到十分欣慰。O君送来的那盆盆栽里，花的色彩还很显眼，妻子觉得很可惜，就单独把它放在自己的膝盖上，一路坐人力车回了家。一开始我们把它放在客厅里，一段时间后干脆把它放在了室外的盆栽台子上，于是每夜它都会被霜冻所覆盖。后来，盆栽里的秋海棠全部枯萎，茎也脆弱地像被折断的杉树筷子一样；蟹爪兰的花和叶子像被煮过一样，颜色发白，变得有些黏糊糊的，整个趴在花盆里。只有芦笋那纱状的叶子已经绿意盎然，直直地挺立着。

住院这三周以来，在我的身边、我的心里都发生了许多的事情，我也读了各式各样的书、思考了许多问题。不同的人来造访，在我的内心深处投射出了千姿百态的光与影。然而我并不打算将这些人和事都一一记录下来，我只想把病房里陪伴过我的花儿们写下来，它们让我的病房充满生机，这些花儿的过往就是我住院期间所有生活的最好的记录。也许在他人看来，这样朴素无华的记录不值得一看，但对我来说，它们才是最难以令我忘怀的宝贵经历，构成了我生活日志的主心骨。

# 油菜花物语

## 儿玉花外[1]

1 儿玉花外：日本诗人，著有《社会主义诗集》。

奇妙的是大和的天空格外晴朗，
晚春四月特有的宛如画卷般的华丽的淡红色太阳，
温柔地向人世间撒下淡黄色的光芒，给人们带来力量。

在畿内环游大和是颇具盛名的名胜巡游路线[1]。人们都说吉野满开的樱花最美,但我却更喜欢油菜花掉落之后,被金黄色铺满的广阔大和国。当年我造访大和国的时候,正好是这个时节。

追寻着净琉璃[2]中所唱的充满悲情的盲人夫妇,来到里泽市,造访壶坂寺[3]。我独自一人,一路担心着自己的草鞋鞋带是否会松开,一路沿着四月油菜花的香气四溢的泥土小路,身体虽然疲惫但胸怀梦想。奇妙的是大和的天空格外晴朗,晚春四月特有的宛如画卷般的华丽的淡红色太阳,温柔地向人世间洒下淡黄色的光芒,给人们带来力量。

容易狂热但又脆弱的大脑在暖阳的照射下,开始有点醉了,变得昏昏欲睡。像黄色颜料一样浓郁的油菜花遍地都是,花瓣将阳光投射到我的眼睛里,让我再次感到一阵晕眩。回忆到这里,我再次开始怀念起畿内的蓝天和阳光。我追随着平日里风轻云淡的浪漫时光,想要抓住它的影子,于是我继续漫步前方。

---

1 畿内和大和为古代日本的地域名称,畿内指旧首都京都一带,包括山城、大和、河内、和泉、摄津五国。
2 净琉璃:一种日本说唱叙事曲艺表现形式。
3 壶坂寺:传说中住在大和国高取乡土佐町的盲人,名曰泽市。其妻,名曰里,曾经为了丈夫的眼疾每夜在壶坂寺祈愿,后观音显灵,其夫重建光明,后人便以夫妇之名"里泽市"作为地名使用。

走了这一路，我的前额开始发汗，变得热了起来，眼睛似乎也开始充血。即使我现在倒下，在这片如诗般的大和国土地上也不会后悔。于是我闭上眼睛，静静地站在小路上。突然，后方传来了隆隆般的声响，就像是前来叫醒我的呼唤之声一样，十分奇妙。

从这瞬间的睡意清醒过来之后，我转身向后望去，看见一所房子，一位年轻的女子正在织布。女子有着如雪般白皙的肌肤，她注视着前方，清澈而漆黑的眼珠一动不动。梭子在深蓝色的棉布上如箭般来来回回，发出梭梭之声。

脚下的这条小径距离壶坂寺不太远，并且壶坂寺之行也给我留下了深刻的印象。我不由地联想到，歌中唱的盲人之妻里氏，也许就是一位这样浪漫的织布女，而我也在大和国壶坂寺不远处，邂逅了昔日梦境里的女子，属于我的里氏。

在这不可思议的罗曼蒂克中，我复活了，我继续沿着这条小径，在正午的暖阳中继续向前走去。但我怎么都无法从方才那幻想中的影子里挣脱出来，即使我强迫自己保持清醒，我的心里还是有些耿耿于怀。就这样，我这容易狂热的思绪，被晚春四月大和路的浓烈的色彩所戏弄着，飞舞着。

接着，我从一座圆形的小山坡上下来之后，只见

百花谱

紫云英开得红遍山野，此景再次使我感到宽慰和愉悦，我继续沿着道路向前，来到了一处更宽的街道。

街的对面出现一行人，人数不多，但也组成了一个完整的队列。人影越来越近了，原来是乡间的婚礼队伍啊，黑色的是一个用扁担担着的箱子，披着浅黄色布的是一个长柜，紧跟在黑色箱子之后，都是由人担在肩上。队伍的八九个人中，有几个人穿着奇怪花纹的外褂，静静地护送着行李和新娘。当然，新娘就在队伍的正中间，她坐在一辆人力马车上，此刻恰好来到了我的跟前。

此次巡游大和，我已经有幸欣赏到了金黄的油菜花和靓丽的紫云英，甚至很有幸偶遇乡间的婚礼队伍，

实在是令我兴奋不已,尤其是在这方圆一两公里都见不到村子的中间地带,可谓是巧遇。我站在原地,毫不客气地欣赏着新娘娇美的容颜。

也许是因为我一路已经接受了太多鲜艳色彩的冲击,此刻的新娘脸上厚重的脂粉看起来十分好看,但她细长的眼睛却被高高地吊着,很像是狐狸的眼睛。一头漆黑的头发里簪了闪闪的银制花簪子,身上披的是崭新的大红色衣裳……新娘的眉毛、鼻子和嘴巴都很普通,唯独被吊起的狐狸般的细眼和雪白的面庞最为显眼。稍微有些大的嘴唇上涂抹着艳丽的红色,有着庄严之气。此刻,她正在径直地眺望着远处的白云。

送嫁的队伍默默地走着,黑色的人影穿梭在油菜花之间,不一会儿就行进了大半条街。忽然间,泛紫的四月天空阴沉了下来,瞬间阴云密布,虽然阳光依旧能够穿透云层,但如丝状的绵绵细雨已经开始落了下来,闪烁出金银之色。刚才的送嫁队伍已经像远方的迷雾一般,不知道已经走到了哪里。

我茫然地站在街道上,对眼前突如其来的雨措手不及。与在吉野沐浴的花瓣雨不同,我在大和国被金银色的骤雨所淋湿,别有一番风味。

在看重天时地利的关西地区,尤其是推崇美好和浪漫事物的京都,人们将晴空之后的骤雨称为"夕立",

也有人将其称为狐狸送嫁……想到这里,我一个激灵,难道我刚才看见的是狐狸精吗。身后忽然传来了一阵香浓的油菜花香。

不知道继续走了多久,太阳已经逐渐沉没到金黄的油菜花田下面,夕阳的颜色瞬间变成了鲜艳无比的光琳式的大红色[1]。我加快了步伐,总算来到了位于略显寂寥的古街里的落脚之处,旅馆的门前挂着方形的灯笼,闪烁着朦胧如梦的灯光。

在这个我连地名都叫不上的大和国的某个小镇,一个古老而破旧的旅馆二楼,我蜷缩着因为旅途而疲惫不堪的身子,一路的各种见闻不断地在脑海里上演,头脑沉沉欲坠,因为草鞋勒出的痕迹也刺痛着我的双脚。

西南方的黑云掠过上空,红色的金星依旧闪烁。不愧是大和四月份凉爽的夜风,我将木门打开就地而坐,任凭柔软的风浸入肌肤,放松而舒适的夜色之下,我也逐渐昏昏欲睡。

"咚咚咚"二楼的梯子传来了脚步声,原来是侍女送酒过来了,只见她的肤色像狸猫般黝黑,大大的眼睛在煤油灯的照映下闪闪发光,略显滑稽,同时也让人感到一丝诡异和恐怖。此次旅途果真惊喜不断,不曾想

---

1 日本江户时代男性画家尾形光琳所开创的画风。

到这只"狸猫"的口舌伶俐，很是可爱。

旅人的嘴唇因为长途的跋涉干燥不已，乡间小酒正好滋润了旅人的疲惫，少许的醉意之下，小声吟唱起了诗歌。这时从楼下传来了寂寞清冷的按摩店笛声。在这样的大和古路上居然也有按摩店，我瞬间起了作诗的兴致，便索性将按摩的师傅唤了上来，原来是一位盲人的老师傅。

我伸展着双腿躺在被褥上，顺便询问起老人家最近镇子上有没有什么奇闻逸事可以分享，不想老人居然皱起眉头，小声地说起："一周前就在这家旅店，曾有一个来自大阪的年轻商人，可惜他因为在风花雪月之事挥霍过度，走投无路之下，深夜里结束了自己的生命……"老人还做出吐血的动作模拟着，听得我毛骨悚然。

听完这个往事，我的面庞发青，脉搏也加速了。枕边传来某个水沟里青蛙的鸣叫声，伴我入睡。距离都城遥远的大和国之旅，冰冷的夜色，油菜花田附近，被绝望和悔恨所吞噬的年轻人……我为人世间这等悲惨的事情而落泪，同时在蛙声中、油菜花田中与自然共鸣，被美景所感动。

枕边昏黄的灯光，仿佛也出现在了我的梦里。

次日，我因为夜里睡眠不佳，眼前昏花，好像看见房间的墙壁上停着一只血色般红艳的蝴蝶……

# 花间文字

## 泉镜花[1]

---

[1] 泉镜花：日本小说家，著有《高野圣》《歌行灯》《汤岛之恋》等。

最终韩湘来到了马的跟前，他的蓑衣上落着几朵桃花，微笑着对昌黎鞠躬。"叔公后来状况可好？"

昌黎一时间无言以对，忍不住落下几滴眼泪。

晚唐时期之名家韩昌黎[1]，有一侄子名曰韩湘。昌黎将其从江淮迎回至昌黎之宅邸中抚养。养子尚年轻，面色白皙，容姿神似女性。然而他行事放荡，不学无术。将其送至学院与弟子们一同学习，则因愚笨而被同龄人嘲笑。昌黎遂借用街西僧院，令其独自静心读书，不曾想仅过了十天，僧人就投之他行径狂暴。无奈只得立刻将其再次召回家中，令其坐于对面，昌黎正色言道，"你不曾耳闻么？市井中的寻常百姓，一日从早到晚辛勤劳作，尚且在某一方面有长处，而你不学习能成就何事？"狠狠训之，怒发冲冠。韩湘则唯唯诺诺，如咬指甲一般，谨慎地锾起食物吃，动作仿如在咀嚼豌豆。

昌黎见状脸色大变，斥责道："你在做什么！"并顺势夺过他手中的食物，方才发现他手中的食物并不是有平糖的糖片，而是美丽动人的桃花花瓣。张开掌心，花瓣便纷纷落在膝上。彼时时值寒冬，阳春之际的花朵现在并不合时节，故不知此花从何而来。昌黎目不转睛地瞪着他的脸，韩湘连忙致歉曰："小侄有此技艺，故不读书亦不习之于人。"昌黎不愿相信，仔细追问其中究竟，韩湘则高声唱道："青山云水窟，这处乃

---

[1] 韩昌黎：即韩愈，唐代文学家。

桃花
壬午如月中日

百花譜

吾家。子夜餐琼液，寅晨咀绛霞。琴弹碧玉调，炉炼白珠砂。宝鼎存金虎，芝田养白鸦。一瓢藏造化，三尺斩妖邪。解造逡巡酒，能开顷刻花。有人能学我，同共看仙葩。"他一边吟唱着诗词一边咀嚼着淡红色的花瓣。昌黎则一时间难以置信，于是韩湘又指着宅前的牡丹花丛说："此花如今只生了根。如果叔父想要它开花，我

牡丹

就让它生花。青、黄、红、白、正晕、倒晕[1]、浅或深红，一切都听您愿。"昌黎看他如此轻狂，盛怒，便说："那如你所说的来做吧！"

韩湘首先借了一扇屏风，用其遮挡住庭院中的牡丹花丛，不允许任何人窥视，他则独自身处其中，从四方

---

1 正、倒晕牡丹出自出《酉阳杂俎》。

开始挖掘，一直挖到了深处的根之底部，洞的宽度足以容纳他坐下来。他从早到晚都用带来的紫粉、红粉和白粉来治愈牡丹根。十七天之后，韩湘来到地面上对昌黎说此术已成，此时他第一次露出羞愧的神色，说："只恨时间推迟了一个月，天候冬至，未能如我愿。"但在之后，花开得很是绚烂。昌黎种下的牡丹原本应当是紫色，现在开出了白红色的花朵，边缘发绿，像天空上的彩虹一样玲珑秀丽，散发出香气。更奇妙的是，每片花瓣上都有一联诗，字的颜色呈现为清晰明快的紫色。

凑近细细观察之，写的是，"云横秦岭家何在，雪拥蓝关马不前"。昌黎不明其意，既然侄子不务正道，难以教化，便决定将其送回江淮。

不久之后，昌黎因在朝廷上向皇帝呈《论佛骨表》而被流放到潮州。路遥八千里，途中日暮时分，突然间天降大雪。阴森至极，风寒地冻，身着的薄衣已沾满污秽，顷刻间头发也白了。云岭遮天、前路艰险，马不前——马不前。孤影在雪中消融，濛濛之中，只见一簇薄红色的云，随肆虐的横风飘摇。日已暮，这难道是夕阳的影子吗？看起来就像是血红的泪珠染遍了白雪。

昌黎挽起衣袖拂去脸上的雪，忽然在远方的云下看见了韩湘的身影，他独自一人冒雪而来，不知来自何处。最终韩湘来到了马的跟前，他的蓑衣上落着几朵桃花,微笑着对昌黎鞠躬。"叔公后来状况可好?"昌黎一时间无言以对,忍不住落下几滴眼泪。韩湘接着说:"现在您知道花间之文字的含义了吗?"昌黎默然不语,此时迟到的随从终于赶了上来,昌黎回头问道:"这里是哪里?""这是蓝关。""如此一说,高山便是秦岭吧。"昌黎长叹之后,再次说:"现在我眼前的韩湘正是仙人,我要为你完成那首花间之诗。"——这正是韩昌黎流传后世的诗集中"一封朝奏九重天"的句子。

此刻,叔侄二人握手共情而泣,韩湘安慰道:"莫悲伤,你将无恙,不久之后朝廷定会再次重用你。"分别时,韩湘掬了一把雪递给昌黎,说:"这雪能消除潮州的瘴雾,叔公,保重。"昌黎在马上接过雪并将其收入袖中,那把雪香气四溢,转眼之间就变成了花瓣。